Ciberpresidente

*Novela de conspiración, intriga
y ciencia ficción*

Alberto Castillo Vicci

**EDITORIAL
DEL CASTILLO**

ALBERTO CASTILLO VICCI

*A la casa
que vence las sombras.*

ALBERTO CASTILLO VICCI

ÍNDICE

Libro Primero

Libro Segundo

Libro Tercero

LIBRO

PRIMERO

1 EL MALETIN CUANTICO

E l ensordecedor ronquido presidencial se oía estridente por todo el amplio espacio de la lujosa *suite présidentielle* de uno de los hoteles más exclusivo y antiguo de la capital de Francia, impidiendo a Desirée conciliar el sueño; a pesar de las tres botellas de *champagne rosé* Laurent Perrier y langosta fresca que habían consumido entre todos y las, al parecer interminables, horas del agotador ejercicio erótico que tanto ella como Simonne habían practicado, con maestría profesional, al rollizo sexagenario y exigente jefe de estado de la República Humanista Latinoamericana; que después de casi toda una noche de voraz apetito sexual, dormía boca arriba muy inquieto en medio de las dos muchachas. Ejercicio para el que discretamente la agencia de acompañantes francesa había contratado sus expertos, exquisitos y casi inalcanzables — por lo costosos — servicios.

De pronto, cesó el ronquido y el movimiento agitado del obeso cuerpo se detuvo por completo. Tanta quietud y silencio espabiló a la muchacha, quien apartando el pesado brazo del primer mandatario que le había caído encima, se sentó con dificultad y lo miró a la cara. El rostro cianótico de aquel hombre de piel cobriza estaba contraído con un gesto de dolor ahogado. Desirée presintió lo peor, y con experta precisión dirigió sus dedos índice y medio de la mano derecha a la carótida del presidente... no había pulso. Rápidamente, con habilidad felina, se montó a horcajadas sobre el cuerpo del hombre que yacía en posición supina, y aplicó de inmediato reanimación cardiaca, pues conocía muy bien lo que debía hacer si se presentaba una emergencia como aquella. A la vez que intentaba despertar a su compañera, gritándole:

—¡Ayúdame, Simonne, el presidente se muere!

—¡Qué!... ¡Qué!... —exclamó Simonne, despertándose desorientada.

La joven muchacha se agita encima del hombre dándole golpes en el pecho, justo sobre el corazón; su suelta, larga y lisa cabellera rubia vuela alrededor de su cabeza en todas direcciones por los bruscos movimientos de su cuerpo y sus ojos de azul intenso se llenan de lágrimas por el esfuerzo.

Como chirrido de muelles vencidos resonaban los golpes del movimiento de la muchacha contra la cama encima del hombre, una y otra vez, empujando y soltando las dos manos sobre aquel tórax gordo, fofo, lampiño y oscuro, esperando volverlo a la vida.

—Ven Simonne, ayúdame aquí; aprieta las dos manos sobre el pecho, empuja con fuerza y suelta... uno... dos... uno... dos...

Y saltó al lado del hombre sujetándole la barbilla y la nariz para abrirle la boca en el intento de darle respiración artificial... la lengua azul y seca se había pegado al paladar hacia atrás, impidiendo que pasara el aire... la apartó con un dedo para aplicarle ventilación respiratoria pegando sus labios contra los labios gruesos, pálidos y secos del Presidente. Varios minutos siguieron sin notar reacción alguna. Desirée se lanzó fuera de la cama y corrió a buscar su bolso que había dejado sobre un amplio sillón rojo, y volvió al lecho hasta acercarse a los ojos semiabiertos con la mirada fija y vacía del primer mandatario latinoamericano, y sacando el celular alumbró con la linterna del aparato, separando los párpados, el globo ocular izquierdo, y confirmó sus temores: la pupila era un círculo dilatado que no dejaba ver el iris y sin reacción alguna a la luz. Probó con el ojo derecho y lucía igual. Le acercó a la nariz el espejo de una polvera que extrajo del bolso y no hubo respiración que lo empañara. El cuadro era lóbrego: los signos vitales habían abandonado aquel cuerpo... sin respiración... sin pulso... pupilas dilatadas...

—Este hombre está muerto —susurró Desirée.

—¡No! —exclamó Simonne, en alta voz.

—¡Baja la voz! —ordenó Desirée.

—¿Por qué? Debemos llamar a los ayudantes que están al lado o a los guardias de la puerta —dijo la más joven de las muchachas, pues es lo que se le ocurriría a cualquier persona bajo las mismas circunstancias.

—¡Jamás! Si le avisamos que su jefe está muerto, nos detendrán y nunca nadie sabrá más de nosotras —afirmó convencida Desirée.

—Pero quizás no esté muerto. Quizás puedan revivirlo, si lo atendiese su médico o lo llevasen a una clínica de emergencia —argumentó angustiada Simonne con voz quebrada por el miedo e hizo un movimiento desesperado, entrando en pánico, para acercarse gimiendo a la puerta. Pero Desirée la detuvo al instante con fuerza, la tiró sobre la cama, se le echó encima y tapándole la boca con una mano y pegando su cara a la de la mujer-niña que temblaba aterrorizada le dijo:

—Escúchame Simonne... y muy bien, con toda atención... porque de lo que decidamos y hagamos en este momento dependerán nuestras vidas. Este muerto, con quien toda la noche estuvimos haciendo lo que sabemos hacer, es uno de los jefes de estado con más poderosos enemigos en este mundo. ¡No te imaginas cuánta gente desea verlo muerto! Él mismo ha dicho que lo quieren asesinar... docenas de veces... por todos los medios de comunicación del planeta, hasta el punto de que ya nadie se lo cree; pero sus esbirros sí lo creen, porque para protegerlo les pagan. Y cada mes, desde que rompió con los norteamericanos y los calificó como sus enemigos acérrimos, ha dicho que si lo liquidan, el gobierno de los Estados Unidos debe ser el responsable del magnicidio. Y, por más evidencias que se encuentren de que su muerte fue natural... si es que lo es, los hombres que viste al entrar, que son miembros élites de un cuerpo de agentes secretos de la antigua Unión Soviética lo dudarán —y, bajando más la voz, le susurró al oído—: Eso lo sé porque me lo informaron quienes nos contrataron y estamos obligadas a obedecer sus órdenes mientras dure nuestra relación con el Presidente.

Ellos lo protegen y solamente no lo acompañan cuando quiere satisfacer sus necesidades más íntimas y personales como las que le hemos satisfecho; pero si los llamamos para decirles que el presidente murió en nuestros brazos, quizás de un infarto, como te digo no lo creerán. Y no esperarán los resultados de la autopsia... si es que se la hacen, para torturarnos hasta dejarnos sin vida, hasta que develemos los nombres de los culpables de su muerte, si es que los hay, pero que no conocemos. Debemos salir de aquí sin que se den cuenta, si es que queremos conservar la vida. No vuelvas a intentar advertir a los guardias ni a sus ayudantes... vistámonos y sígueme: sé cómo salir de aquí sin que lo noten.

Simonne, todavía una niña a pesar de su experiencia como mujer pública de poderosos y ricos, acostumbrada a obedecer, hizo lo que le decía aquella muchacha mayor que ella apenas unos años, pero por lo visto más experimentada e inteligente, y a quien admiraba y por quien sentía un amor de hermana menor, y lo parecía pues era tan rubia como ella y de ojos azules también; aunque en su trabajo debían simular entre ambas el amor lésbico para complacer la libido pervertida y común entre sus clientes, como parte del repertorio de juegos sexuales por los que se vendían.

Una vez vestidas, Desirée abrió lentamente la puerta que unía la recámara a la sala principal, atisbó por todos lados hasta que localizó el cuerpo de un inmenso hombre vestido de gris, semiacostado sobre un largo sofá color vino tinto montado sobre armadura dorada, con la cabeza de lado y profundamente dormido. Le hizo señas a Simonne para que se quedara detrás de la puerta y avanzó sigilosamente hasta acercarse al gigante rubio. El olor a mandarina podrida que salía con el aliento de la respiración pausada y profunda del durmiente, la hizo pensar que el guardaespaldas se había embriagado hasta dormirse y no se despertaría fácilmente. La chaqueta abierta con descuido dejaba ver dos fundas de cuero fino, cruzadas por correas sobre el pecho, con una pistola de alta potencia en cada una y, en uno de los bolsillos internos sobresalía el pico de una carterita de metal plateado para confirmar su hipótesis. Al lado del hombre, un maletín negro y ancho, con luces alrededor de lo que parecía la cerradura, unas rojas fijas y otras amarillas que titilaban, llamó su atención. La pulsera que ataba la cadena al maletín con la muñeca del hombre estaba abierta y suelta. Sin duda, le molestaba y quizás se sintió tan seguro en esa habitación como para desprenderse de ella y de dos guantes de cuero fino de color marrón que había dejado a un lado...

Desirée había sido mujer por una noche o algunos días en casi todos los lugares lujosos donde se divierte la gente más poderosa del planeta, desde presidentes de repúblicas grandes y pequeñas, hasta jeques y magnates de todo linaje, como para saber que los guardaespaldas defienden con su vida este tipo de maletín, pues seguramente contiene cosas muy valiosas y secretas de sus dueños... más si se trataba de un jefe de estado tan controversial como el difunto de al lado. Por instinto y sabiendo que desde hoy tendría que abandonar para siempre la profesión de superhetaira internacional, de excepcional educación y cultura —aunque no conocía otra pues fue entrenada desde niña para la profesión de Aspacia y Friné, con dominio de cinco lenguas y con una cultura poco común entre sus colegas, capaz de mantener cualquier conversación culta sobre los temas más diversos desde historia hasta política y arte, a la altura de sus contratantes más exigentes, envuelta en una belleza física sin par y expresada con una inteligencia rayana en la brillantez—; decidió entonces llevarse consigo el maletín. Quizás lo pudiera usar como rescate por su libertad si lo escondiera bien, en caso de que la capturaran, como sabía que tratarían de hacerlo de ahora en adelante los gobiernos tanto amigos como enemigos del finado presidente.

De nuevo le hizo señas a Simonne que la siguiera y se acercaron a una cortina beis detrás de la que se notaba discretamente una luz verde. Desirée aparta la cortina y abre una puerta subrepticia de madera color pistacho con dibujos verdes y una discreta placa en el centro con las señales que identifican internacionalmente las salidas de emergencia: una figura humana en movimiento con una flecha hacia la salida. La abrió y cargando con las dos manos el pesado maletín seguida por Simonne, a quien le había encargado los bolsos asegurando que nada de ellas quedaba en la *suite*, avanzaron por un largo pasillo con luces tenues para alumbrar el paso, hasta otra puerta, esta vez de metal, que se abre también por dentro.

Salieron a la escalera contraincendios que recorría de arriba abajo todo el viejo edificio. Bajaron sin encontrar a nadie hasta salir a la parte de servicios del hotel que da a la calle opuesta a la Place Vendôme. Allí se detuvieron, pues Desirée avistó a dos fornidos eslavos con ternos azul oscuro, seguramente del séquito de seguridad del presidente latinoamericano, que vigilaban caminando de un lado a otro de esa parte de la calle... tenían teléfonos móviles y seguramente estaban muy bien armados dentro de sus anchos trajes.

Desirée sabía que la vida de ambas dependía de salir de allí sin ser vistas y se quedó del lado de adentro con la puerta semiabierta, desde donde observaba buscando qué hacer. La suerte las acompañó, pues a pocos metros de la puerta se detuvo una *van* blanca distribuidora de productos lácteos, que seguramente traía suministros al hotel. Con mucho cuidado y pegadas a la pared se movieron hasta alcanzar la camioneta... Esperando por alguien, un hombre de mediana edad aguardaba frente al volante. Desirée, seguida por Simonne, se acercó por el lado derecho que la ocultaba a la vista de los vigilantes, hasta asomarse a la ventanilla del vehículo. Y en francés le habló, de la manera más convincente posible, al proveedor.

—Señor, por favor, ayúdenos a salir de aquí sin que nos vean, pues estamos huyendo de unos viejos pervertidos que nos contrataron como acompañantes y ahora quieren otras cosas de nosotras que no deseamos hacer.

—Por supuesto —contestó solidario el chofer—. Sé a lo que se refieren. Pasen a la parte de atrás, junto a las cajas de leche. Allí nadie las podrá ver. Solo esperaremos unos minutos por mi ayudante que ya sale. Y les abrió la puerta.

Las muchachas pasaron con aquel extraño maletín que Desirée intentaba ocultar dentro de su amplio chal y los bolsos en las manos de Simonne, a la parte cerrada de atrás de la *van*, sin ventanillas y con solo anaqueles semivacíos con productos lácteos, y se sentaron sobre algunas cajas. A los pocos minutos, abordó el vehículo el joven ayudante, y el hombre mayor le dijo:

—Unas amigas. Son de una agencia de acompañantes y ya terminaron su trabajo. Pero los clientes quieren otras cosas que ellas no ofrecen en sus servicios. Vamos a sacarlas sin que se den cuenta los empleados del hotel, en silencio, para que no las molesten haciendo preguntas.

—De acuerdo —convino el joven ayudante, encantado con tan inesperada y bella compañía. Alegre de sentirse cómplice de burlar a los que se imaginó viejos verdes abusadores que querían aprovecharse de las chicas solo porque tenían dinero. Y preguntó:

—¿Les ayudo con el equipo de sonido? —refiriéndose al maletín.

—No es necesario, estamos acostumbradas a cargarlo, gracias —respondió Desirée con una seductora sonrisa. Lo llevamos a todas nuestras citas para amenizar el *show* con que entretenemos a los clientes.

—Me gustaría ver un *show* así aunque fuera una vez en mi vida —dijo el muchacho con anhelos insatisfechos.

—Quizás te invitemos otro día —lo animó Desirée para reforzar la complicidad del muchacho en la huida, con la mirada aprobatoria y pícara de la joven Simonne.

—¡Ya!... no molestes más y cierra la boca que se te arrastra la lengua —dijo el conductor arrancando la camioneta.

Sin ser vistas, dentro del transporte de lácteos, se alejaron del hotel cuando aún nadie sospecharía que aquellas jóvenes *call girls* eran testigos de excepción de un acontecimiento que al conocerse sería noticia mundial, por meses y quizás años..., pues se trataba de la muerte de uno de los políticos más polémicos del momento, acaecida aquel 14 de mayo del año 2030, y fichas, sin saberlo, en el tablero de la más grande conspiración mundial antes jamás montada, ni siquiera concebida con anterioridad: "usar países enteros como instrumentos de terroristas, dominándolos con presidentes virtuales, con ciberpresidentes".

2 LOS CYBERS

Ni los sofisticados programas de inteligencia artificial que analizan sin ayuda humana el significado de centenares de emisiones diarias hechas por televisión, radio, agencias noticiosas impresas y digitales, *twiters* de grupos y de personalidades, de la NSA, o *National Security Agency*. (La agencia se dedica a mantener la seguridad de los sistemas de información del Gobierno de los EE.UU. , y que intercepta las comunicaciones, de todas clases, de unas mil millones de personas, en todo el mundo y vigila las comunicaciones de los teléfonos móviles de cientos de millones de personas más, en el momento en que ocurren, para alertar peligros contra los Estados Unidos); ni los supercomputadores más avanzados capaces de romper complejos códigos en la sede de la CIA en Langley, Virginia; habían detectado los mensajes secretos que durante diez años se intercambiaban entre un lugar en los Urales rusos, una isla en el Caribe y un país latinoamericano o en travesías entre ellos. Los mensajes aparecían en la red como inocentes comentarios, fotografías, ilustraciones y música con melodías o simples cantos de aves canoras de un club mundial de observadores de pájaros y ornitólogos. Esta vez, los aficionados en los Urales habían enviado, a la página *web* del club en la INTERNET, las leyendas de los cuentos y canciones folklóricas rusas del mitológico *pájaro de fuego* y un hermosísimo dibujo de cómo un artista se lo imaginaba con fondo de música de Ígor Fiódorovich Stravinski de su ballet con el mismo nombre.

En un lugar secreto de la isla —en confabulación con algunas altas autoridades del Gobierno de transición que había sustituido la más larga dictadura de la historia moderna—, un hombre moreno, alto y fornido, que hablaba español con acento caribeño, abrió la página *web* con la imagen del *pájaro de fuego* junto al ballet grabado en un computador metido en un maletín idéntico al que un día antes Desirée se había llevado consigo del hotel en París, como posible prenda de su rescate o el de su amiga Simonne si eran apresadas por los servicios secretos de las potencias mundiales o de países en conflicto con aquéllas. Apenas el computador portátil fue traduciendo colores y cada pluma del dibujo del código gráfico al castellano, apareció en la pantalla el siguiente mensaje:

El Presidente fue encontrado muerto en su cama de la suite del hotel donde se hospedaba. Sacamos el cuerpo occiso camuflado en el uniforme de uno de los escoltas de protección en una ambulancia, como si se tratara de uno de los edecanes que cayó enfermo; mientras que el doble ocupaba su lugar. Las agencias noticiosas distribuyen un comunicado de la Presidencia en que informan que el Presidente regresa a su país, para comandar personalmente al frente de la defensa contra una inminente invasión del Imperio a su patria, y dejó encargado a su canciller para que ocupe su lugar en la conferencia mundial de Jefes de Estados sobre los biocombustibles y la red alimentaria internacional. No sabemos las causas de su muerte. Las creemos naturales, un infarto masivo al miocardio. Lo mandamos en el avión presidencial a la isla y en el vuelo el doctor Huerta lo prepara hasta que llegue allí, donde se le hará autopsia y se embalsamará para guardarlo en un lugar muy secreto. Dos muchachas que acompañaron al Presidente toda la noche huyeron sin ser vistas; posiblemente, después de muerto el Presidente. También desapareció el agente irlandés Francis O'Neill, responsable con su vida de la unidad CYBER.1. Al parecer se llevó consigo la que le fue asignada. Estamos organizando su búsqueda y también la de las chicas acompañantes. Es necesario iniciar la Misión Ciber-presidente. O'Neill sabe que sólo los pulgares del Presidente pueden abrir el maletín, y cualquiera otro que lo intente le estallará en la cara y destruirá el maletín, lo que tiene adentro y todo lo que haya alrededor de aquél, una en docena de metros a la redonda. De manera que no entendemos todavía su motivación...sabe que no saldrá vivo de tal jugada, pues no podrá pedir un rescate por el CYBER.1. Cualquier intento de forzarlo resultará en una descomunal explosión. Ni la CIA sabrá como abrirlo ni usar su contenido: eso lo conoce muy bien O 'Neill, por lo que no nos explicamos el robo....Seguiremos indagando

El mulato terminó de leer, cerró el super laptop y luego bajó la tapa superior del maletín que encajó con la de abajo, haciendo un sonido secó de cerraduras electrónicas que se cierran...¡Clic! Y colocó sendos pulgares sobre dos luces verdes, una a cada extremo del canto del artefacto que reconoció sus huellas digitales y pasaron a rojas, quedando sellado el maletín y todo lo que contenía dentro. En una pequeña pantalla como la de un teléfono móvil, unicelular, resplandecían titilando en luminosos colores amarillos las letras CYBER.2.

Más tarde, apareció en la misma página WEB otra versión del *pájaro de fuego;* esta vez con música de los hermanos GRIMM, y se tradujo así en la isla:

O 'Neill no llevaba consigo el CYBER.1 cuando salió desaforado del hotel en París, noqueó a dos agentes nacionales que tenían orden de revisar a quien saliera, y estos atestiguan que el irlandés no cargaba el maletín con él, pero se fue furioso. Por alguna razón comenzamos a sospechar de las "call girls". Indagamos en su agencia y resultaron ser dos "acompañantes" muy caras y bien conocidas en el medio. Viven juntas y tratan a muy pocas de sus compañeras: una nació en la Habana, Cuba, en 1995, pero salió del país a los quince años de edad; es políglota y puede usar legalmente varios pasaportes. La otra es nativa de Nancy, Francia, y sólo tiene 20 años de edad. A ninguna se le conoce familia a quien "entrevistar". Estamos indagando su posible salida de Francia y si son agentes encubiertas de alguna potencia desconocida interesada en nuestras actividades.

Desde la Isla, los aficionados caribeños colocaron a pocas de horas de diferencia de las anteriores páginas web, algunos comentarios, música y otras versiones de pinturas del *pájaro de fuego* en la mitología latina, con música folclórica nacional relacionada con el tema; el mensaje que encubría fue decodificado en los Urales en otro computador portátil con las mismas características de los llamados CYBER.1 y CYBER.2, que se identificaba como CYBER.3 y decía:

Con nuestro ASPN "(All Source Positioning and Navigation " o posicionamiento y navegación de toda fuente) en el que cada uno de los CYBERS se posiciona globalmente con cada otro, rastreamos con el CYBER.2 el movimiento del CYBER.1 hasta el edificio codificado en nuestro sistema por B-23013, en París, Francia, donde desapareció la señal. El CYBER.1 debe estar allí todavía en algún lugar cubierto de hierro, para que no detecte mensaje alguno. Sugerimos que uno de vuestros hombres siga esta pista. Es indispensable localizar el CYBER.1 y las presuntas agentes encubiertas de alguna potencia detrás de nuestras actividades. La Misión Ciberpresidente está en marcha.

.

.

3 CONVERSACIÓN VISUAL

Dos hombres vestidos con trajes ligeros de colores claros de primavera y paraguas colgados de los brazos al lado de un carrito con sus maletas, en la estación de trenes de Gare de Lyon, en París, se preparan a tomar un tren hacia Ginebra, Suiza. Ambos fuman sendas pipas rellenas de fino tabaco que acaban de comprar en una pequeña cafetería, con sillas y banquitos distribuidos alrededor y de los que hicieron uso tomando asiento para degustar un café y conocer los titulares de los periódicos electrónicos en sus PCPs (*Pockect Comunicator Processor*, por sus siglas en inglés; ya no se usaba la palabra teléfono heredada de las comunicaciones de voz del siglo XX, tampoco celular ni móvil, por la cantidad enorme de nuevos servicios de comunicación que ofrecían por wifi de alcance abierto) que en la forma de un pisa corbata colgaba de sus solapas y sostenía un disco del tamaño de un botón de chaqueta. Uno de ellos las leía en una holografía proyectada desde el disco que asemejaba a la página de un periódico del siglo XX, virtualmente en el aire a escasos centímetros de su vista; y el otro prefería escucharlas. La tarde del mismo día en que había muerto el presidente de la República Humanista Latinoamericana, conocida por la sigla RHL..., pero ninguna de las noticias vespertinas publicaba lo que hubiera impactado al mundo y que solo dos mujeres desaparecidas, de oficio "acompañantes", las últimas que lo vieron con vida, y algunos escogidos acólitos del séquito personal y más íntimo del primer mandatario conocían.

Por el contrario, los vespertinos se referían a él, como el presidente más controversial, de un pequeño país latinoamericano, que regresaba sorpresivamente a su patria para atender una emergencia nacional: la supuesta invasión del Imperio Yanqui que tenía muy cerca, pero en la que nadie creía... pues los imperialistas preferían un bloqueo económico para rendirlo sin disparar una bala. Lo único cierto es que un portaviones atómico con 86 *Fighters* a bordo y otras naves *misilísticas,* provistas con los más sofisticados equipos para la guerra electrónica de la más avanzada tecnología militar, navegaban en maniobras de juego de guerra hacia el sur.

Aquellos dos hombres no podían ser en apariencia más diferentes, aunque ambos registraban la misma edad de 50 años. Pedro Gallardo Infante, alto, tipo latino, atlético, guapo, de profesión periodista; Víktor Pulansky Nesterovsky, bajo, rubio, rechoncho, muy poco agraciado en el físico, con barba... sus amigos lo encontraban muy parecido al padre de la Cibernética, Norbert Wiener, y a quien Pulansky le gustaba imitar, con una barba cortada a lo candado como aparecía la del genio matemático Wiener en las fotografías (especialmente en la proverbial portada de su libro *Cybernetics*...): Gallardo periodista de reconocida fama internacional; Pulansky: dedicado a los computadores cuánticos, con grandes conocimientos de nanotecnología y criptografía computacional, y desde muy joven investigador notable, primero de una empresa que trabajaba con el laboratorio CERN en Meyrin, al este de Ginebra, en Suiza; hasta que constituyó la suya propia. Pulansky, a su capacidad de investigador le agregó la de visionario empresarial, pues en pocos años su empresa, establecida en Meyrin, era internacionalmente conocida como Cybernanotechnology Inc. (abreviada por el acrónimo Cynateci), que contaba con contratos multimillonarios diseñando partes nanotecnológicas para diferentes máquinas cibernéticas, lo que le había permitido adquirir una amplia mansión en Ginebra, donde vivía solo, únicamente acompañado con sirvientes y personal auxiliar, y aunque podía darse toda clase de lujos y placeres, su pasión era la investigación científica, a la que le dedicaba todas las horas que estaba despierto; solamente, equiparable a su amor por la navegación de altura en un espléndido yate en el que había invertido parte importante de sus ganancias comerciales, y con el nombre de "Entropía" lo esperaba anclado en Niza, para zarpar en las vacaciones de verano en cruceros que lo habían llevado tan al sur como las costas del septentrión africano y el archipiélago antillano en el mar Caribe.

Su amistad comenzó cuando eran aún adolescentes, durante la educación media, en Monterrey, México. Las familias Gallardo e Infante eran originarias de aquella ciudad, y Pulansky pertenecía a la tercera generación de inmigrantes polacos que huyó del régimen comunista después de la Segunda Guerra Mundial. Víktor se consideraba a sí mismo como criollo mexicano. Ambos resultaron ganadores de becas para estudiar en el MIT. Pulansky, física cuántica, y Gallardo, periodismo telemático. Ambos se graduaron con honores y siguieron sus posgrados hasta doctorarse en dicho instituto. Luego, con menos de 25 años de edad, Gallardo sería contratado por la Red Mundial de Televisión en español, como reportero de investigación internacional; mientras que Pulansky fue reclutado por un grupo científico que participaba en el *Conseil Européen pour la Recherche Nucléaire* o mejor conocido como CERN.

Ambos, habían mantenido sus trabajos profesionales en las mismas líneas en las que se habían graduado en el MIT. Los dos habían hecho carreras brillantes: Gallardo ya era conocido mundialmente como periodista de investigación entre los temas más noticiosos de principios del siglo XXI; mientras que Pulansky había creado tecnologías de frontera, nanotecnología o tecnología a escala cuántica, usando los más avanzados aceleradores de partículas en el CERN y no había secretos de la computación y la electrónica en el planeta para él.

A pesar de que uno era humanista y el otro un hombre de ciencia, tenían mucho en común en cuanto a ideas políticas se refería: ambos eran inveterados defensores de la libertad dentro de una sociedad justa, progresista, plural y democrática.

Estaban allí porque Víktor, de paso por la capital de Francia, había invitado a Pedro a salir de París, donde vivía, y pasar unos días en su mansión en Meyrin; y por sugerencias del científico viajaban en tren, ya que Pulansky evitaba por todos los medios volar a causa de la fobia que le causaban los viajes en avión; a diferencia de su amigo que vivía montado en un *jet*.

—¿Un nuevo *show* del presidente Ruiz? —dijo Víktor, comentándole a Pedro lo que acaba de oír por su *PCP* donde se daba la noticia respecto a que el presidente de la RHL, Rafael Ruiz Rodríguez, había abandonado la conferencia mundial de presidentes, sobre bio-combustibles y la red alimentaria mundial para defender a su país, como comandante en jefe de sus fuerzas armadas *patriotas,* de la invasión inminente de los marines.

—Seguramente —contestó Pedro—. Todos los años ocurre lo mismo, con las maniobras navales de la Operación Anual UNITAS en defensa del hemisferios que hacen los EE. UU. y otros países en latinoamericanos (y últimamente también algunos e de la OTAN), en la lucha contra el narcotráfico al que se asociaba Ruiz; pero que 3R denuncia como provocación bélica o de invasión inminente a su patria, desde hace unos diez de años cuando acusó a los EE.UU. de guerra biológica contra su país contagiándolo con el corona virus originado en China (llegó a decir que el virus no era chino sino yanqui y que lo habían enviado a China a quien Ruiz considerada su aliada). Aunque hay algo diferente esta vez, nunca habían participado en estos simulacros de guerra ni portaviones ni naves tan avanzadas tecnológicamente hablando —aclaró Pedro, quien de pronto fijó su mirada en un grupo de mujeres jóvenes, evidentemente latinas que alegraban el ambiente con bullaranga alborotada al hablar el castellano moldeado por acentos azteca, caribeño, andino y sureño; parecían pertenecer a un conjunto orquestal de la llamada "nueva rumba" en gira, o así lo creía Pedro, formado solamente por muchachas, con instrumentos musicales guardados en estuches que sostenían junto al resto de sus equipajes.

Todas llevaban faldas cortas y blusas ligeras abigarradas con amplios escotes, excepto dos de ellas que vestían *jeans* azules y camisas blancas con mangas largas. Las chicas en pantalones no encajaban en el grupo, no portaban estuches, no parecían latinas; y una de ellas era muy alta, con cuerpo escultural, fumaba nerviosamente y leía con avidez la imagen virtual de los vespertinos en una pantalla pública que había activado con una *criptotarjeta*. Si su cabellera no fuese negra sino rubia platinada, y pudiera verle el color de los ojos tras los anteojos oscuros para el sol con que los ocultaba, y saber si eran azules, se le ocurriría que se trataba de la chica que tanto le impresionó unas semanas atrás en la inauguración de una galería para artes visuales y ciencia.

Al lado de la despampanante chica, un carrito para cargar maletas ocultaba bajo un protector de hierro y aluminio lo que parecía parte de su equipaje, quizás el más pesado, cubierto con un largo y colorido pañuelo de seda; además, de otros dos bolsos grandes de viaje azules y amarillos que cada una terciaba a su cuerpo.

****

Una vez que los pasajeros abordaron el tren hacia Ginebra, Pedro y su amigo quedaron, por casualidad, a pocos metros de donde se acomodaron las muchachas de la orquesta; y, aunque la chica más alta que tanto le intrigaba se sentó de espaldas a Pedro, este podía leer los labios de la más bajita que le hablaba a su compañera con evidente expresión de intranquilidad y angustia en su rostro. Pedro había tomado cursos para "escuchar" a distancia lo que dos personas hablan, con el solo movimiento de sus labios y la cuidadosa observación de las expresiones faciales y corporales, si se hallaba frente a sus rostros; esta competencia suya, le resultaba muy útil a su profesión pues muchas veces cazó noticias sin que se las dieran.

—¿Por qué los periódicos electrónicos no dicen nada de la muerte del presidente Rafael Ruiz Rodríguez? —leyó

Pedro en los labios de la jovencita que ésta le preguntaba a su amiga.

—¡¡¡...!!!

Aunque Pedro no podía ver el rostro de la otra muchacha, no era necesario para saber lo que hablaban, porque la lectura de los labios solo se le hace a una persona, y de frente; y Pedro desarrolló la habilidad de reconstruir diálogos con solo conocer lo que dice una de las partes. En este caso, la otra mujer pareció responderle a la más joven, porque la bella muchachita volvió a insistir, esta vez llamando por su nombre a la otra.

—Desirée, pero ¿tú estás segura de que el presidente Rafael Ruiz Rodríguez está muerto? Quizás le dio un paro cardíaco y luego nuestros intentos lo revivieron y nosotros no volvimos a auscultarlo, y por eso creemos que murió, pero está vivo y en vuelo a su país.

—¡¡¡...!!!

"¿De qué hablaban esas muchachas?, se preguntó Pedro. Entonces decidió seguir con atención extrema la conversación y grabarla con su voz al PCP que le colgaba en la solapa, acercándolo a su boca a medida que la reconstruía.

A su lado, Víktor había iniciado uno de sus inagotables monólogos, sin importarle que su amigo periodista no le hiciera mucho caso, pues miraba al frente con interés inusitado mientras le susurraba algo a su PCP.

Después de conversar por largo rato, las jóvenes mujeres, cansadas, se quedaron dormidas.

Víktor también se había aburrido de hablar solo y dormitaba frente a Pedro. Al inteligente escritor y periodista le parecía inverosímil lo que concluía de la conversación entre las dos sensuales muchachas:

"Ambas trabajaban para una agencia de *dames compagnies* con el nombre comercial de "Poisson"; es decir, "pez" en francés. En sus trajines de periodista, Pedro había conocido algunas de las *call girls* más caras del planeta como empleadas de aquella agencia tan exclusiva; al punto de que no publicitaba sus servicios por los medios convencionales —periódicos, revistas o páginas *web* de Internet...—, sino por un *lobby* muy especial ante embajadas, corporaciones internacionales y grupos financieros o políticos, en el que los servicios sexuales que vendía, se camuflaban con el de agencia de intérpretes, asistentes a ricos, famosos y poderosos de paso por París u otras ciudades europeas; pues, entre las chicas contratadas las había de muy distintas nacionalidades y hablaban los idiomas más comunes del planeta, y hasta otros menos usuales, con gran fluidez.

Las muchachas podían trabajar como intérpretes, legalmente hablando, pues estaban altamente capacitadas y tituladas para estos fines; pero se hacían de ingresos fantásticos si aceptaban dar otros servicios más íntimos, como casi todas lo hacían, combinando ambas profesiones: la de damas de compañía y traductoras especializadas. La agencia llevaba el apellido de una de las cortesanas más nombradas de la historia: Jeanne-Antoinette Poisson... mejor conocida como Madame de Pompadour (una nota de erudición y fineza de sus dueños, pues Madame de Pompadour solo trató con miembros de la corte de Luis XV, a quien complacía con permiso de su marido Charles-Guillaume Le Normant d'Étiolle y fue la favorita del rey durante veinte años).

Según la conversación reconstruida por el periodista, las chicas habían sido llevadas al hotel donde se hospedaba el presidente Rafael Ruiz Rodríguez... Sí, el propio 3R (como el populacho lo llamaba), el más polémico presidente latinoamericano en ese momento. Por lo leído en los labios de la que parecía ser la más joven, las chicas, apenas habían oído hablar de él, aunque la tal Desirée parecía mejor enterada sobre aquel mandatario. Después de una larga noche de excesos, al hombre le sorprendió un paro cardíaco, o algo así, que lo fulminó al instante. Las muchachas no quisieron estar presentes cuando hallaran el cuerpo y decidieron escaparse... no solo del hotel, sino de la propia agencia y de quienes la contrataban. En su huida se llevaron un equipo electrónico que por alguna razón lo llamaban su "salvoconducto"... su "seguridad". Aparentemente lo ocultaban en el carrito de cargar maletas del que no se separaban.

ALBERTO CASTILLO VICCI

4 EL VIAJE DEL DIFUNTO

El cadáver del presidente esperaba por el doctor Huerta en la estrecha enfermería que se le había adaptado al *jet* presidencial por recomendación del propio médico del primer mandatario, para cubrir cualquier emergencia en los largos vuelos que hacía aquel hombre que quería estar en todas partes y ser la estrella y centro de atención de la actividad política internacional, sin importar a qué precio. El cadáver llevaba puesto un uniforme de edecán, y al doctor Huerta solo le tocaba inyectarle un suero muy especial para momificar, que tenía en su botiquín por órdenes de sus superiores. No debería intentar la autopsia, aunque tampoco contaba con los medios para hacerla, solamente detener en lo posible la putrefacción que sigue a la muerte —la descomposición acelerada que experimentan los cuerpos orgánicos cuando los abandona la vida—, hasta entregarlo en la Isla.

Cuando se acercó al difunto, algo le impresionó sobremanera, sus manos estaban enfundadas en unos guantes de cuero muy fino de color marrón que, evidentemente, no pertenecieron en vida al difunto, sino a alguien con manos más grandes que las de aquel, lo que no se esperaba.

Intentó sacar uno de los guantes, el de la mano derecha, y le costó mucho esfuerzo lograrlo porque ya ambas manos habían comenzado a hincharse; pero su sorpresa fue mayor: aquella mano había sido mutilada en el dedo pulgar.

Al cadáver le faltaba la mitad superior del pulgar derecho. Sospechando algo muy grave, desenguantó la mano izquierda con igual dificultad y también le faltaba gran parte del pulgar. Ambos pulgares habían sido cercenados en sus falanges digitales y cubiertos con los guantes. Volvió a enguantar las manos, y decidió no decir ni hacer nada distinto a las órdenes que le dieron: solo seguir el procedimiento establecido si el presidente moría fuera de su patria.

****

En total secreto, el cadáver del presidente fue trasladado en helicóptero del aeropuerto internacional de la Isla al búnker de la sierra donde operaban los dueños de los *cybers*. A las pocas horas, el Cyber.2 enviaba este mensaje al Cyber.3, en lenguaje cifrado, por medio de Internet.

No solo tienen la unidad Cyber.1, también cercenaron y seguramente se llevaron consigo los pulgares del Presidente y pueden abrirla. No sabemos el paradero de las chicas ni tampoco el de Francis O'Neill. Estamos en una situación totalmente inesperada. Solicitamos una reunión de emergencia del Comité al más alto nivel en la Isla. La presidirá el camarada Nikolái Ilich Borodin.

5 LA JAULA DE FARADAY

El hombre en París, a quien se le había encargado la tarea de localizar el Cyber.1, era uno de los más eficientes ingenieros electrónicos del globo, pero por conveniencia incógnito, y se contaba entre la escasa docena de hombres y mujeres que en el mundo entero conocía la existencia de los *cybers*, pues los había construido y formaba parte de la conspiración mundial. Ya llevaba dos días buscando una pista sobre cómo en aquel edificio identificado por el Cyber.2 con el código B-23013, y que resultó ser la estación de trenes Gare de Lyon, en París, pudo perderse el contacto con el Cyber.1 que se tenía por el *ASPN* con el que el que los ciberterroristas habían reemplazado al GPS y sus nuevas versiones mundiales de GPS COX III y MIGUE para el año 2030. Si estaba allí, debería encontrarse en algún tipo de jaula de Faraday que bloqueara el permanente posicionamiento de cada uno de los cybers con relación a los otros, pues por el principió cuántico de "entanglement" estaban conectados como uno solo, no importan que tanta distancia había entre ellos (en principió hasta en extremos de una galaxia en años luz) ... como estaba sucediendo.

El efecto de la jaula de Faraday provoca que el campo electromagnético en el interior de un conductor en equilibrio sea nulo, neutralizando los campos externos de las ondas de radio; en otras palabras, un emisor-receptor dentro de una jaula de Faraday se aísla, ni recibe ni emite señales. Esto se manifiesta en numerosas situaciones cotidianas, por ejemplo, el mal funcionamiento de los PCPs en el interior de ascensores o edificios con estructura de rejillas de acero. Roger Boscovich recordaba cómo su profesor de electricidad, Víktor Pulansky (lo rememoraba muy bien, estudiante del doctorado en el propio MIT donde trabajaba entonces, y llegó a admirarlo tanto que le pidió, y Pulansky aceptó, fuera su tutor de la tesis doctoral unos años después, cuando ya el doctor Pulansky era investigador relacionado con el CERN en Meyrin), en los cursos de pregrado de ingeniería en el MIT, solía mostrar la manera simple de construir una jaula de Faraday, tomando un radiorreceptor portátil, con el cual sintonizaba una emisora de onda media; lo envolvía con papel periódico y seguía escuchándose claramente; pero si lo cubría totalmente con papel de aluminio corriente, el radio no se oía más; el papel de aluminio es un conductor eléctrico que produce una jaula de Faraday, usualmente empleada para proteger equipos electrónicos, tales como repetidoras de TV y telecomunicaciones enclavadas en montañas, de las perturbaciones electromagnéticas causadas por las tormentas.

"¿Dónde habría por allí una jaula de Faraday?"… se preguntaba.

Había buscado por todos los rincones de la estación sin encontrar nada que lo pareciera: apartados, *lockers,* cajas, oficinas, depósitos… ¡Nada!

Hasta que observó a una anciana que movía un carrito para cargar maletas que parecía hecho de metal. Se acercó a ella, y le preguntó dónde lo había adquirido. La mujer le dio como dirección una tienda a solo unos metros de la entrada a la estación. En pocos minutos alcanzó el lugar indicado, y después de verificar que esa clase de carritos podía servir como jaula de Faraday, si el *cyber* se colocaba dentro de las rejillas como equipaje, Boscovich, mostrando las credenciales de una empresa electrónica internacional, le pidió al único vendedor que allí atendía, si unas amigas suyas a quienes describió vagamente, que le habían recomendado un equipo como el que se mostraba en la tienda, lo habían comprado allí, pues quería uno para él... El empleado reconoció perfectamente, a pesar de la difusa reconstrucción de sus apariencias hechas por aquel cliente, a las hermosas muchachas que unos días atrás con un poco de prisa habían adquirido un modelo de transportador como el que se mostraba allí. El ingeniero supo, entonces, cómo se había sacado, intencionalmente o no, el Cyber.1 de París.

Si habían empleado el truco de la jaula de Faraday intencionalmente, seguramente ya no podrían rastrearlo, pues no lo sacarían del carrito hasta estar en un lugar con los mismos efectos electromagnéticos; pero si lo ignoraban, e intentaban abrir el equipo en otro ambiente o a la intemperie, seguramente sería localizado. La situación que se le presentaría al Comité en la Isla sería muy distinta en uno u otro caso.

6 VIRTUALIDAD

El presidente muerto aparecía "en vivo" y en directo para dirigirse por televisión al país, a través de todas las pantallas de los televisores instalados en cada uno de los hogares de la RHL, en cada oficina, en todo sitio público o centros de recreación privados del país... en cada rincón sin excepción... de manera que ningún ciudadano, hombre o mujer, viejo, adulto, adolescente o niño podía dejar de verlo; si era sorprendido sin prestar su atención total al televisor, cuando el Presidente se dirigía al país, la Policía Revolucionaria del Televidente Infiel (PRTI), podía detenerlo y sin juicio encerrarlo en la cárcel por algunos días, pero si era reincidente, la pena aumentaría en varios meses y hasta años.

Solo los acusados de conspiración eran condenados al paredón. El control de la vida de los ciudadanos del país humanista latinoamericano era total, como en los tiempos de la Unión Soviética: de hecho, la imitaba en todo, y el terror a la policía secreta era general, no había una disidencia organizada... por el contrario, el país entero parecía hipnotizado cuando el Presidente le hablaba; dispuesto a hacer lo que el líder pidiera... hasta el suicidio colectivo.

Las botas insolentes de los marines, aunque todavía en aguas internacionales, se aprestan a mancillar el suelo patrio. El país entero los rechaza y he llamado a una movilización total de la guerra asimétrica contra el Imperio decadente... como la hemos preparado por años... morderán el polvo de la derrota.

Detrás del Presidente una fecha y hora en letras muy grandes, era la de ese día y la hora exacta: 16 de mayo de 2030; 3:00 p. m. Dos días después de su muerte, el Presidente se dirigía a la nación por televisión en vivo con su habitual agresividad y discurso incendiario. Esta vez más violento que nunca.

Llamo a una movilización general del país en defensa de nuestra soberanía. Desde este momento cada ciudadano, no importa sexo o edad, sea adulto, de la tercera edad, adolescente o niño queda incorporado a la guerra asimétrica. Declaro emergencia nacional y por el artículo 345 de la nueva constitución humanista, decreto desde este momento el estado de excepción y no existe desde ahora ningún otro poder que el del pueblo del que seré la auténtica expresión. El poder ejecutivo, el legislativo, el judicial y cualquier otro poder en este país se someten al poder final establecido directamente entre el pueblo y su vocero que soy "yo".

No habrá ningún intermediario entre el pueblo y su líder: desde este momento, por medios cibernéticos, cada ciudadano tiene contacto con cada conciudadano a través de mí, estableciendo una relación directa por sus pantallas de televisión con mi imagen y voz, y conectándose conmigo por una estación. Como si fuéramos dos solamente en todo el país: usted, ciudadano, y yo. El medio cibernético acumulará cada pregunta que deseen hacerme o dudas que tengan y yo contestaré a cada uno en particular directamente al televisor instalado en su casa, en su oficina, en las de la administración pública, en hospitales, cines, restaurantes... en todas partes: ahora sí manda el pueblo; el pueblo y yo somos uno solo: ¡Yo! ¡Yo! ¡Yo!

*****

Al entrar a su casa y pasar al recibidor, Adelmo Barrios encontró a su familia, esposa y dos hijos adolescentes, sentados frente al aparato de televisión, mirando la pantalla en silencio y en un estado de sumisión al discurso del presidente que al disidente ex animador de televisión le pareció hipnótico, una especie de estado psicofisiológico extraño, entre el sueño y la vigilia... Aquella experiencia se repetiría todas las veces que hablaba por la televisión el Presidente, una conducta que se observaba en vecinos y otras personas que fueron obligados a sustituir sus televisores por unos nuevos producidos por la Chelyabinsky Electronic Research Center (conocida por la sigla ChERC), beneficiaria de un contrato de exclusividad y monopolio para la industria de la televisión en la RHL, desde el inicio del mandato del presidente Ruiz.

La otra cosa que observó Adelmo fue que a él no le afectaban, como a su familia, aquellos discursos vacíos, llenos de militarismo, demagogia y otras zarandajas, y sospechó que de alguna manera lo impedía, no su anacrónico contenido que también rechazaba su familia cuando no lo oía o veía, sino por algo físico relacionado con la placa de aleación de metales que cubría un 70 por ciento de su cráneo, implantada, después del accidente aéreo —en el que estuvo muy cerca de fallecer— por los médicos que le salvaron la vida, después de varias operaciones hechas para sustituir los huesos perdidos que protegían su cerebro con una sofisticada armadura metálica para su cabeza, la cual escondía debajo de una peluca tan bien confeccionada que el público ignoraba su existencia. Por cierto instinto y su experiencia como hombre de la televisión, Adelmo especulaba de alguna conspiración oficial de control mental usando los nuevos aparatos de TV de la Chelyabinsky a la que parecía inmune... pero eso era especular demasiado; sin embargo...

7 EL COMITÉ

—Señores, el camarada Borodin presente... —anunció el oficial vestido de verde oliva que guardada la puerta. Los miembros del Comité se levantaron para rendirle honores al camarada Nikolái Ilich Borodin.

Borodin poseía una estatura imponente, un aspecto irónico y severo, era semicalvo con barba a la usanza de Lenin, de frente ancha y ojos penetrantes de mirada desafiante y despectiva; se vestía completamente de gris, exceptuando un quepis rojo que cubría su cabeza, un uniforme casi como añoranza de su antigua membrecía en la KGB, cuando apenas cumplía la mayoría de edad en su añorada Unión Soviética. Se tomó el cuidado de saludar uno por uno a los seis miembros del Comité. Comenzó con la china y le siguieron el hindú, el europeo, el africano, el polinesio y de último el latinoamericano —caribeño— que no abandonaba la unidad electrónica que le asignaron, identificada como Cyber.2 encadenada a su muñeca.

Borodin se sentía cómodo en aquel lugar, tan confortablemente familiarizado como en su propio hogar en los montes Urales, acostumbrado como estaba a vivir a escondidas.

Tanto en este bunker en la Isla, como aquel cerca del pico más alto de la cordillera que separa a Europa de Asia, el Konzhakovskiy Kamen, se construyeron durante la Guerra Fría como refugios antiatómicos, a 35 metros bajo tierra, con paredes de cemento y plomo, amoblados confortablemente, tapizadas las paredes con plástico acolchonado de colores tranquilizantes, temperatura artificialmente mantenida alrededor de los 22° C, y con espejos por doquier para mitigar la claustrofobia; refugios capaces de resistir un ataque nuclear indirecto, totalmente autónomos y con todos los servicios para sobrevivir todo un año de invierno atómico sin suministros alimentarios, energía y oxígeno del exterior.

En la superficie, un bungaló campesino esconde la entrada al refugio. Hay un corto camino entre el bungaló y una pequeña laguna de color verde oscuro artificialmente mantenida, de algunos centímetros de profundidad, llena de piedras densamente unidas como plataforma sólida y que apenas afloran a la superficie para que no se descubra a la vista aérea, se encuentra totalmente despejada de árboles; la lagunilla es en realidad un helipuerto perfectamente camuflado, donde aterrizan y despegan helicópteros como único medio de transporte entre aquel sitio y el resto de la Isla.

El refugio fue edificado durante la crisis de los misiles, en octubre de 1962, en una de las sierras más intrincadas, por lo montañosa, de aquella Isla y casi imposible de detectar desde el espacio, aun por los satélites espías más sofisticados.

En la sombra, cuatro hombres esperan por las órdenes de Borodin. Se tratan del ingeniero croata Roger Boscovich, del neurólogo inglés Peter Park, del psicosociólogo francés Gustave Boulle y de un edecán que carga, unido a su brazo por una cadena, un pesado maletín negro, con unas letras rojas en una pantalla que rezan: Cyber.3.

Borodin tomó la palabra:

— Distinguidos camaradas, la Misión Ciberpresidente está en marcha. Con el éxito ansiado y nuestra preparación de casi un cuarto de siglo, estamos en el proceso de controlar el espíritu y la mente de 31 millones de habitantes de un país entero; pues harán lo que le dictemos a través de un programa cibernético desarrollado con toda la tecnología telemática de frontera hasta hoy inventada, difundiendo mensajes subliminales y reduciendo toda la voluntad de ese país a sus primitivos instintos gregarios Todo lo que le ordenemos por medios audiovisuales será creído y ejecutado por cada habitante de aquel país, como si fuera su propia voluntad... como si se tratase de una sola persona, de una sola alma... como si esa persona fuera libre y ejerciera su libre albedrío. Cada uno de ellos cree ciegamente que decide lo que quiere, que está ejerciendo su libre voluntad; cuando somos nosotros, a través del programa cibernético, quienes se lo ordenamos.

Todos aplaudieron entusiasmados, lo que Borodin agradeció con un movimiento de cabeza y continuó con su informe oral al Comité.

—La imagen de su presidente —a quienes ellos creen vivo porque lo ven por televisión hablando, gesticulando y contestando preguntas directamente por la red nacional de televisión que cubre cada lugar del país, es en realidad un programa cibernético, telemático, basado en la inteligencia artificial, que les hace creer que ven, oyen y les contesta una persona, que dejó de ser "real", pero se hizo "virtual", pues en vida generó esas imágenes de televisión que ahora usamos; y hoy es un cadáver que lleva varios días momificado en las instalaciones criogénicas de una de las habitaciones contiguas, pero que dejó grabada una serie de imágenes con distintas gesticulaciones según necesitemos (ya que vestimenta, lugares, otras personas y mobiliarios se los creamos por montajes) para que el programa telemático de inteligencia artificial seleccione y construya, según las necesidades, cada discurso y conversación con su pueblo que demandemos.

Hizo una pausa e invitó a los presentes:

—¿Preguntas?

—Sí —levantó la mano el representante para África—. ¿Cuán seguros estamos de que esas multitudes nos obedecen ciegamente?

—Completamente seguros, lo que el presidente virtual, el Ciberpresidente, les diga será la única verdad que estarán dispuestos a aceptar, seguir y defender con sus vidas, pues las multitudes que dominamos, como cualquier otra masa humana, son inconscientes, y en ellas hemos sustituido el instinto programado por la raza en su inconsciente por lo que queremos que sea su nuevo inconsciente, pero programado por artefactos cibernéticos; sus nuevos instintos, sus nuevas pulsiones psicológicas que les llevarán a actuar como queramos: 31 millones de personas que estamos en proceso, como dije, de convertir en robots, en nuestros esclavos, nuestros sirvientes, nuestros instrumentos...

Si en estos momentos el Ciberpresidente, el presidente virtual, se dirige al país y le pide un suicidio colectivo a favor de una causa fantasiosa y falsa, sin justificación alguna por sus argumentos inverosímiles, cada ciudadano de aquel país obedecerá ciegamente; como lo han hecho sectas religiosas hipnotizadas por medios toscos como drogas y la persuasión hipnótica y fanática de un líder, para seguirlo adondequiera y comoquiera —y recordó el caso de Guyana, cuando en 1979, unos 900 fanáticos religiosos del llamado "Templo del Pueblo" se quitaron la vida por órdenes del líder, el gurú Jim Jones—; pero en nuestro proyecto ciberpresidente, de manera infinita y científicamente más sofisticada, gracias a los trabajos de los doctores Boulle, Park y Boscovich, para quienes pido un aplauso.

Los asistentes se levantaron para aplaudir a los doctores Park, Boulle y Boscovich. Luego de recibir los aplausos, cada uno en su especialidad, explicó su papel en el diseño y construcción del "Cyber" compuesto por tres unidades que formaban un computador cuántico. Un computador que opera con los principios de la superposición de estados por lo que procesa en un solo paso o estado lo que a los computadores normales les lleva millones de pasos de programa y el encadenamiento cuántico ("entanglement") que enlaza las tres unidades como si fueran una sola, no importa lo separadas que estén unas de otras. Pero es el inmenso poder de la superposición de estados lo que le permite romper cualquier código o clave de los sistemas armados de ataque-defensa y los socioeconómicos financieros de las grandes potencias del mundo. Actualmente— advirtieron— hay algunos computadores cuánticos comerciales de varias compañías capitalistas, pero no tienen la inmensa capacidad sin límites de los nuestros ni los programas del software cuánticos para poder romper cualquier código por encriptado que esté.

Luego Borodin tomó de nuevo la palabra para decirles:

— Con ellos acabaremos con todo el orden capitalista y controláremos el mundo para imponer nuestro gobierno mundial.

Y agregó:

— Ya todos están enterados de que, posiblemente en complicidad con dos damas de compañía contratadas por el séquito del presidente, el responsable con su vida de custodiar el Cyber.1 al servicio del primer mandatario, el soldado de fortuna que tanto nos sirvió en otras oportunidades, Francis O'Neill, aprovechó la muerte súbita del presidente para escabullirse con el Cyber.1. Cuando nos enteramos del robo, unas horas después, pudimos seguir la pista con los otros dos *cybers*, usando el *ASPN* nuestro , hasta la estación de trenes Gare de Lyon, en París; desde donde recibimos la última señal... después quedó incomunicado el Cyber.1; Boscovich, quien fue personalmente detrás de la pista, cree que el Cyber.1 está guardado para protegerlo y transportarlo en un carrito metálico como el que ven allí —y señaló un aparejo hecho de rejillas metálicas que descansaban sobre dos ruedas y que como muestra habían llevado al refugio atómico—. Éste fue comprado por Roger Boscovich en una tienda cerca de la estación para comprobar que funciona como jaula de Faraday, como en efecto funciona; es decir, un protector de cualquier señal electromagnética que reciba o emita el Cyber.1, y, en consecuencia, mientras que esté protegido no podrá ser detectado por el *ASPN* nuestro o satélite alguno en cualquier parte de la Tierra donde lo lleven.

Borodin notó que su colega hindú quería preguntar algo y se dirigió a él.

—¿Sí, Satyendrenath?

—¿Qué efecto tiene esta pérdida, este error, en la Misión Ciberpresidente, y cómo y cuándo será subsanado?

—Reduce nuestro alcance. Con los tres *cybers* dominamos todo el mundo aunque por razones estratégicas estén separados por miles de kilómetros uno de otro: uno aquí en la Isla, otro en los Urales y el tercero en la RHL; sin embargo, gracias al enramado cuántico, un fenómeno que solo existe a escala de partículas subatómicas, todos parecieran estar en un mismo lugar formando un "Cyber" único... Curiosamente, la falta de uno, no reduce nuestro poder en una tercera parte sino en mucho más, a menos de la mitad, por razones técnicas que no vale la pena explicar ahora; pero los tres *cybers* forman una sola máquina; no importa la distancia entre unos y otros, funcionan como un solo computador, como una unidad, sin importar el espacio que los separe; con solo dos no podemos correr los programas completos sino por partes.

Sin embargo, buscamos pistas para recuperar el Cyber-1 robado y castigar a los osados ladrones o agentes de la CIA o quienes sean. Entre las pistas más prometedoras están las relacionadas con las chicas... sus amistades, hábitos, costumbres... Un dato que estamos evaluando es el misterioso y coincidente robo del computador portátil de la compañía de traducciones y asistencia (en realidad una casa de *dames de compaignes*, donde archivan las direcciones, mensajes, citas y correos privados de todo el personal de la empresa) y que desapareció la misma noche en que huyeron con el Cyber.1, sin dejar huella digital alguna ni indicios del autor.

—Entonces —interrumpió el hindú— ¿hay posibilidades de recuperarlo?

—No te preocupes, aunque no lo encontremos, ya en los Urales están construyendo un sustituto, el Cyber.1B, y en unos tres meses lo incorporaremos a la Misión Ciber-presidente; por ahora la hemos iniciado limitadamente y la población no sospecha en absoluto que su presidente está muerto y escucha fervorosamente cada cadena de emisiones por TV que hace sobre la inminente invasión. Así mantenemos el hipnotismo colectivo parcialmente sobre algunos habitantes, particularmente sus seguidores habituales y algunas mentes no prevenidas.

—Pero ¿no podrán descubrir nuestros planes si el Cyber-1 es llevado a la CIA..., si el tal Francis se lo vende junto con la llave para abrirlo, las falanges de los pulgares arrancados de las manos del finado presidente? —preguntó la china.

—¡No! Es una tecnología tan avanzada que no hay nadie en este planeta ni equipo humano que en menos un año pueda descifrarla, aun los expertos tecnocientíficos más sofisticados de Langley, es decir de la CIA —afirmó con arrogancia y seguridad Borodín; para añadir:

—Francis O'Neill es un hombre muerto caminando... todavía y él lo sabe, aunque nos devuelva el Cyber.1 en perfectas condiciones sin que nadie lo haya abierto. Error como el que cometió no tiene perdón y debe ser castigado con el máximo rigor, lo mismo le pasará a quienesquiera sean sus cómplices en el camino: la pena capital. Así lo dictan las reglas de nuestra sociedad secreta. Así lo impondrá el Comité.

Boscovich, que seguía el diálogo, pensó sin exteriorizarlo:

"Solo un hombre en la tierra, en un santiamén develaría todo, mi maestro Víktor Pulansky, después de todo la teoría le pertenece, pero es casi imposible que el Cyber.1 llegue a sus manos abierto, no hay relación alguna... eso sería una probabilidad de una en millones de coincidencias que tendrían que darse a la vez".

****

Roger Boscovich nació en Dubrovnik, Croacia, en 1980; y a los once años quedó huérfano de padre y madre, quienes murieron en uno de los bombardeos durante el desmembramiento de la antigua Yugoeslavia. Fue adoptado por Borodin quien vino a ser un nuevo padre muy severo y lo educó para que dedicara su vida a la venganza de la destrucción de su país y el asesinato de toda su familia por tropas de Serbia en 1991, en una operación "de limpieza" de supuestos francotiradores. La mejor forma de que aquel joven inteligente sirviera a esa causa, era preparándose en los propios Estados Unidos.

Su misión: hacerse experto en comunicaciones y criptografía de los sistemas norteamericanos para invadir sus complejos cibernéticos. El muchacho llenaba los requisitos por su inteligencia superior y carrera universitaria de excelencia en las universidades de Ucrania y Moscú; más el apoyo de la empresa de Borodin, la ChERC. Así que no le fue difícil ser aceptado en el MIT como alumno para comenzar el doctorado a sus tempranos veinte. Las condiciones eran propicias en aquellos días, pues con el fin de la Guerra Fría y la apertura de la Unión Soviética algunas empresas yanquis que apoyan financieramente al MIT buscaban un intercambio tecnocientífico más amplio con empresas y universidades rusas y de los ex satélites de la desaparecida Unión Soviética.

Desde su llegada al MIT, el muchacho encontró un alto interés de la comunidad científica dedicada a la investigación en los dominios de la ingeniería electrónica en computación, en intentar construir los primeros computadores cuánticos, y el potencial sin límites de aquellos para romper códigos cifrados; así que se acercó a estudiantes y profesores interesados en el tema y se ofreció como ayudante en las investigaciones; particularmente en el grupo destacaba la inteligentísima investigadora y profesora Debra Pidgeon; por ella, supo de los trabajos del Dr. Víktor Pulansky, amigo personal de la profesora y en aquel momento investigador en el CERN con sede en Suiza. El problema de la computación cuántica, para Boscovich, era el de innovar creando nuevos materiales capaces de evadir, si fuese posible, el obstáculo, al parecer infranqueable, del colapso aleatorio de sus estados superpuestos en uno, solo porque cualquier interferencia externa (disipación de calor o lectura del proceso, por ejemplo) con los estados superpuestos, los colapsaba en uno cualquiera de aquellos y la computación cuántica perdía su poder de procesamiento.

La esperanza se cifraba en nuevas aleaciones de materiales que aislaría la computación cuántica del mundo circundante. Sobre la construcción de esos nuevos materiales podía investigar la ChERC, pues contaba con recursos económicos ilimitados, producto no tanto de sus éxitos económicos como de la fuente oscura de capital que provenía de los negocios turbios de la mafia internacional representada en el Comité. Entonces, Pulansky tenía el genio pero no los recursos; Boscovich, aunque no tuviese la misma calidad del genio de su profesora Pidgeon o el del brillante Pulansky, tenía los recursos. Este era el principio de un combate único del enfrentamiento titánico que se avecinaba: genialidad contra recursos.

ALBERTO CASTILLO VICCI

8 UNA DIOSA ENCARNADA

—Escucha, querido amigo —le dijo Pedro Gallardo a su compañero de viaje y anfitrión—, voy a pedirte un favor muy especial: cuando baje del tren, seguiré a esas dos chicas que están al frente, pues creo que guardan una noticia formidable. No puedo explicarte nada todavía, toma un taxi y vete a tus cuarteles, más tarde nos encontramos allí.

—Otra vez con tus aventuras, seguramente te enamoraron las muchachas. Tú siempre tan mujeriego —aceptó Víktor acostumbrado a la extravagante conducta de su amigo, permanentemente detrás de la noticia y de las faldas.

Ahora, Pedro estaba seguro de que aquella Desirée era la misma Desirée que le llamó tanto la atención unas semanas atrás en París, en la exposición de algunos cuadros de Escher con la que se inauguró una nueva galería de Ciencia y Arte. Una chica demasiado bella para ser tan culta... una combinación poco común. Las mujeres en extremo agraciadas físicamente, en cara y cuerpo, se dedican al modelado o a la farándula o a la publicidad... a la moda, con poco tiempo de cultivar su mente sobre temas culturales profundos, según la experiencia de Pedro. Pero esta muchacha, aún siendo tan joven, dejó impresionado al periodista con su amplia cultura en arte, historia y política.

****

Víktor parloteaba más extrovertido que nunca, emocionadísimo con la posibilidad de adquirir una litografía o un grabado de los muchos que por encargo copió el artista de los países bajos Maurits Cornelis Escher, el creador de la imposibilidad de lo imposible, como lo calificaba Pulansky; pues las litografías y grabados se ofrecían en venta en la ex- posición a la que había invitado a su amigo de toda la vida.

El ambiente de la galería no podía ser más relajante y confortable: música suave de Debussy amenizaba a los visitantes de las modernas salas y jardines cuidadosamente diseñados, con cuadros, esculturas, móviles y otras manifestaciones del arte moderno y contemporáneo inteligentemente ordenadas para la exhibición. Se exigían trajes y vestidos formales, y no era extraño ver algunos coleccionistas con carteras de marca Louis Vuitton auténticas y encendedores Dunhill que daban lumbre a largos y finos cigarrillos de la misma marca, en los jardines alrededor de las salas de la galería donde se exhibían las obras, para los fumadores que salían a conversar con otros coleccionistas sobre la exquisitez de la exposición.

Fue en el jardín, donde Pedro descubrió aquella mujer tan intrigante y seductora: altísima, con tacones medianos le alcanzaba en sus 185 centímetros de estatura. Delgada, plena de mórbidos misterios del eterno femenino. Rubia platinada con el cabello recogido y los ojos más bellos que jamás había visto en su vida: inmensos, muy rasgados y de un azul profundo e intenso, que ocultaba y descubría con anteojos oscuros, según lo que quisiera mirar aquella diosa encarnada en mujer. Su rostro bello, perfecto y serio, le brindó una sonrisa fulminante, cuando notó el embeleso sin disimulo con que el gallardo hombre la detallaba, admirando con la atrevida mirada sus senos turgentes y sus largas y arrogantes piernas. Además, vestía un traje negro en contraste con su piel blanca rosada como porcelana de vajilla fina, el cual se ceñía ávido a su cuerpo monumental, irresistiblemente sensual, y que sabía mover con voluptuosidad devastadora.

—Entre todas las artes, la que mejor representa a la ciencia y a la tecnología es el arte plástico, el arte visual, y Escher es el más grande artista plástico que ha existido, según mi modesta opinión —discurría Víktor, tratando de mantener la atención de su amigo en el objeto de la visita para la que habían venido allí—. Escher es el creador de la representación visual de la realidad matemática —pontificaba Pulasnky como siempre. Y le mostraba con ejemplos lo que decía a medida que contemplaban las copias de los insólitos grabados del artista, como el que veían frente a ellos, titulado "Día y noche", donde campos de labranza ascendiendo pueden convertirse en cisnes, unos blancos que vuelan hacia el este a encontrar la noche; y otros negros, dirigiéndose al oeste para alcanzar el día. Del contorno de los cisnes blancos emergen los negros y viceversa, sin ningún hueco en toda la pieza.

Durante media hora merodearon por los recintos de la galería, con detalladas explicaciones y comentarios de Pulansky, hasta que aquel decidió adquirir una copia de los "Reptiles", un dibujo de Escher en el que se arrastran lagartos que se liberan de un cuaderno subiendo a un plano en tres dimensiones e impulsan su cuerpo rozando objetos alrededor del cuaderno, hasta volver a caer al plano, en una secuencia sin fin …

Más culto, pero un poco aburrido después de aquella conversación, Pedro salió al jardín a fumar, mientras Víktor sacaba una de sus PCP (bastaba conectarlo con la caja de la galería para hacer la compra por transferencia bancaria haciendo innecesarias las tarjetas reemplazadas por las criptomonedas a escala mundial) y se dirigía a las oficinas a comprar la selección hecha; entonces, vio a Desirée quien, en ese momento, de una cajetilla roja extraía un cigarrillo para colocárselo parsimoniosamente entre los labios, y luego escudriñar dentro de su bolso por un encendedor…

Pedro encendió el suyo y le acercó la llama.

—¿Me permite? —preguntó con donjuanesca sonrisa.

Desirée no contestó al principio, para alzar la mirada

con desdén mientras aceptaba la galantería y bajando los lentes oscuros lo envolvió con el hechizo de la luz celeste de sus ojos.

—Gracias, señor Gallardo —le dijo la muchacha.

—¿Nos conocemos? —preguntó Pedro gratamente sorprendido.

—¡No! Usted a mí no me conoce. Pero sé quién es usted. Asistí a su conferencia sobre el nuevo populismo y las dos izquierdas en la política latinoamericana —contestó la despampanante mujer—. En la Sorbona, hace tres semanas.

—¡Claro! Pero ¿cómo es que no noté su presencia? Es imposible que una belleza como la suya pase sin ser admirada —dijo el periodista, recuperando terreno.

—No podía usted verme. Participé como intérprete de su conferencia en una de las casillas de traducción del francés que usted usaba al alemán de algunos participantes. Por cierto su francés es muy bueno, sin acento —aclaró Desirée—. También cursó estudios para un doctorado de estado en política, en La Sorbona —añadió con cierto orgullo.

—¡Enhorabuena! —exclamó Pedro cada vez más sorprendido y encantado con la mujer que descubría.

—Si se lo digo, es porque tengo algunas diferencias con usted sobre la materia tratada en su exposición. ¿Le gustaría discutirlas?

—¡Encantado! ¿Nos sentamos? —preguntó con entusiasmo.

—Bien, pero... ¿y su amigo?

—En verdad, estábamos a punto de despedirnos. Él debe atender otro compromiso —aseguró Pedro para dejar el camino despejado.

—En tal caso, me encantará conversar con usted; pero antes, permítame cancelar una compra, me están preparando la factura.

—La acompaño.

En las oficinas, Desirée dio una dirección en Ginebra adonde debían enviar una pequeña escultura que le habían apartado y también un correo electrónico y el teléfono de la agencia de traducciones donde trabajaba en París.

Buscaron una mesa y ordenaron café. Cuando Víktor

se acercó, Pedro le presentó a la chica, y aquel entendió que debía dejarlos solos, pues conocía muy bien y aceptaba como natural la fascinación de su amigo por las mujeres hermosas, solo comparable a su adicción por el profesionalismo como periodista de opinión. Así que se despidió, pues lo esperaban otros hombres de negocios en la sucursal de su compañía en París para firmar algunos contratos en los que comprometía a su empresa en la investigación y desarrollo de algunas unidades electrónicas a escala nanotecnológica, y este era el motivo que lo trajo a la capital francesa.

Pedro y Desirée pasaron toda la tarde platicando, no solo de política sino de todo lo humano y lo divino, cada vez más embelesados el uno por el otro. Cuando se despidieron, se comprometieron para una cita a cenar e intercambiaron tarjetas de presentación.

En los días siguientes, Pedro intentó infructuosamente comunicarse con Desirée y aunque escuchó su voz por la grabadora del PCP, no volvió a saber de ella, hasta coincidir en el tren.

Tiempo después, Pedro Gallardo Infante, para su desconcierto, se enteró a través de los múltiples contactos que como periodista famoso tenía, que la bellísima mujer que lo había fascinado unos días atrás, era una hetaira de lujo, a la vez que traductora políglota y estudiante aventajada de un doctorado en una de las universidades más exclusivas y de excelencia en el mundo. Este conocimiento, lejos de decepcionarlo, despertó más su interés y la atracción por la chica, no solo físicamente como era usual con casi todas las mujeres en que fijaba su atención, sino también, emocionalmente... en algún sentido sentimental, que no identificó al principio.

ALBERTO CASTILLO VICCI

9 PLAINPALAIS, GINEBRA

La lectura de los labios no era la única habilidad que había desarrollado Pedro Gallardo Infante para ejercer mejor su oficio de periodista internacional que caza la noticia en safaris reporteriles incursionando en lugares difíciles y con frecuencia hostiles; en circunstancias riesgosas y entre personajes nada comunes y a veces peligrosos y traicioneros. En una oportunidad, recibió por varios meses entrenamiento militar de los comandos israelíes, pues el ejército judío lo reclutó para que cubriera la noticia política del Medio Oriente, desde la perspectiva sionista, dado el renombre universal del periodista, que ya era conocido internacionalmente como analista y reportero de temas de interés planetario con miles de lectores en medio centenar de los periódicos de mayor circulación mundial, aunque todavía no había cumplido 35 años de edad.

Con los israelíes aprendió artes marciales y otras destrezas para el espionaje; entre estas, seguir a las personas sin que se percatasen de que lo hacía y disfrazarse para esconder su identidad; así logró rastrear a las chicas sin ser visto por ellas, desde que tomaron un taxi en la estación de trenes hasta un pequeño edificio residencial de cinco pisos, color amarillo pálido, en el barrio de Plainpalais, con espectacular vista a la derecha del lago Leman, en la pequeña Ginebra. Pedro conocía muy bien aquel barrio, en el cementerio de Plainpalais descansan los restos mortales de Jorge Luis Borges; en su opinión, uno de los más grandes escritores en castellano de todos los tiempos. En varias oportunidades que visitó Ginebra, se acercó a la tumba de Borges, para rendirle un homenaje personal a su admirado escritor argentino.

Eran casi las 8:00 p. m. cuando Simonne y Desirée traspasaron la puerta de aquella residencia que estaba semiabierta, lo que era una señal de que la conserje andaba cerca, y se dirigieron al pequeño, pero cómodo apartamento que Desirée compró con sus ahorros y tenía como refugio y futuro retiro en Suiza; detrás de la puerta, desde un pequeño jardín encerrado, se oyeron los ladridos de un pastor alemán que atendía al nombre de *Diablo* reconociendo la cercanía de su dueña.

—Espero que la señora Brigitt lo haya cuidado, con sus comidas diarias y la higiene semanal que le dejé escrita. Olvidé entregarle la nueva cadena pues Diablo rompió la vieja, cada día es más fuerte este cachorro; pero también es listo y obediente, así dicen sus entrenadores suizos —le dijo con orgullo Desirée a Simonne, quien arrastraba el carrito con el Cyber.1 bien tapado y oculto en un amplio chal de abigarrados colores, y se detenía resoplando mientras su amiga abría la puerta de lo que esperaba sería más adelante también su hogar.

Ambas entraron, y *Diablo,* inquieto y nervioso, inició una secuencia de ladridos alarmantes, como advirtiéndoles de que algo anormal sucedía allí. Desirée, que caminaba delante, accionó el interruptor de la luz, pero siguieron a oscuras. Un movimiento de fuerza casi imperceptible en la oscuridad derribó a Simonne, quien se desplomó sin sentido al recibir un fuerte golpe en la nuca. Desirée no comprendía qué la había tumbado cuando oyó el golpe del cuerpo contra el suelo, pero su entrenamiento para la defensa personal le permitió instintivamente esquivar un segundo golpe que percibió en las sombras, calcular de dónde provenía la amenaza y lanzar una fuerte patada de respuesta que dio en el bajo vientre de un cuerpo de hombre, robusto y grande. El hombre aguantó el golpe ahogando el dolor y buscó a tientas localizar el lugar de donde vino la reacción de defensa automática que le había sorprendido, pues no esperaba tal tipo de habilidad por parte de aquella *lady companion,* supuestamente entrenada para el amor y no para el combate marcial.

Afortunadamente para él, a la muchacha le colgaban de las orejas grandes aretes dorados que no solo hacían ruido al mover la cabeza su presa, sino que también brillaban en la oscuridad, de manera que se lanzó con fuerza sobre aquellos y logró atrapar al ágil cuerpo de la mujer que los portaba, que cayó con O'Neill encima; y aunque la chica se resistía con fuerza y daba golpes que la hubieran librado de un oponente menos fuerte y entrenado que el irlandés, quien en pocos segundos la dominaba y buscaba noquearla para luego atarla con cualquier cosa que consiguiera por allí... cuando todo se le hizo negro; pues el rubio, responsable del maletín que le habían robado, recibió en la base del cráneo un contundente golpe con algo metálico y duro que le hizo perder el conocimiento...

Cuando lo recobró, quizás unos cuantos minutos después, el atado era él, con una fuerte cadena de hierro para perros y un candado sujetos a los tubos de calefacción que lo obligaban a permanecer sentado y muy limitado en sus movimientos; un gigante cachorro pastor alemán de negra pelambre lo miraba atento con la lengua afuera y unos colmillos largos y filosos en sus poderosas fauces que podrían estrangularlo si le alcanzaba el cuello, con una simple orden de su dueña quien lo observaba dominante de pie al lado de un hombre alto y delgado, que lucía seguro y tranquilo, y era, supuso O'Neill, el responsable de aquella situación en que se encontraba y que muy pocas veces había conocido: ser el dominado y no el dominador.

Minutos antes, cuando Desirée se veía perdida, bajo el ahogante peso de Francis O'Neill, sintió que alguien golpeaba en la cabeza al hombre que tenía encima, quien rodó sin sentido por el suelo. Sin decir nada Desirée, jadeando, se arrastró a un rincón para encender una lámpara que daba luz auxiliar a la sala donde se encontraban, para sorprenderse incrédula cuando reconoció como su salvador a Pedro

Gallardo Infante, con un *laptop* en las manos que había usado como arma contra O'Neill…

—¡¿Pedro, qué haces aquí?!

—Las venía siguiendo. Luego te explico —añadió—. Busca algo fuerte con qué atar a este hombre.

Inmediatamente Desirée se movió hacia los gabinetes de la cocina, accionó el interruptor de la luz que iluminó casi todo el apartamento y volvió con una cadena y un candado que había comprado para el perro y con la que ataron por las manos a Francis O'Neill a los tubos del radiador.

O'Neill hizo un ruido despabilándose y les habló:

—¡Escuchen! Vine a negociar con ustedes —dijo, casi amigablemente, sin esperar que lo soltaran. Aunque creía que podía hacerlo por sí mismo, pues la cadena no era tan fuerte; sin embargo, en esa posición de indefensión les daría mayor confianza a sus captores y posibles cómplices, y continuó:

—Debemos pactar, pues somos objetos de la misma amenaza. Cuando ustedes robaron ese equipo —y miró hacia el carrito donde el chal rodado dejaba ver el maletín negro con luces a los costados—, firmaron su propia sentencia de muerte y la mía también, pues debería custodiarlo con mi propia vida. Dos o más asesinos deben estar detrás de nuestras pistas para liquidarnos y recuperar el Cyber.1, que es como se identifica el equipo. No me explico cómo no han dado con ustedes; ese maletín emite ondas electromagnéticas que permiten rastrearlo vía satélite donde se encuentre. Como lo muestra la luz amarilla intermitente

—¿Es así como nos localizó? —fue lo primero que se le ocurrió preguntar a Desirée, mientras Simonne y Pedro observaban callados. Este sostenía una de las pistolas del irlandés en la mano derecha y la otra se le asomaba por encima del cinturón. O'Neill se dio cuenta de que aquel hombre sabía manejarlas, pues la sostenía y le apuntaba con la destreza de quien conoce de armas, y seguramente lo primero que hizo después de noquearlo fue desarmarlo; y supo hacerlo, porque un pequeño puñal que llevaba enfundado en su pierna, tampoco lo sentía consigo.

—No, no tengo los medios... Fue con eso que está allí —y señaló el *laptop,* para añadir:

—Cuando ustedes escaparon con el Cyber.1, salí inmediatamente para las oficinas de Poisson en busca de información para localizarlas. Puesto que como custodio del Cyber.1 estoy siempre al lado del Presidente, supe de vuestra contratación y la dirección de la agencia de traductores. Pude entrar con facilidad en las oficinas que, tan tempranamente, estaban solas y sustraer el computador portátil, con las direcciones de ustedes y un *e-mail* dirigido a Desirée donde le notifican el envío a su residencia en Ginebra, con esta dirección, de una compra. Nada más fácil que volar aquí y encontrarlas... era mi única pista. Afortunadamente, su pastor alemán lo tienen encerrado en el atrio. No hubiera querido despacharlo si me atacaba. Es un bello animal —confesó O'Neill mirando al perro con la admiración de un experto canino.

—¡Grrrr! —gruñó *Diablo* pelando los colmillos como si supiera que se referían a él.

—Pero si usted busca una clase de pacto con nosotras, ¿por qué nos atacó?

—Para ponerlas en la situación en que ahora estoy yo y conocer de verdad: quiénes son ustedes y ahora, añado, ¿quién es el caballero? Pues su cara me es conocida, y desde este momento también es blanco militar, como todos aquí, de los asesinos del Comité. Al principio pensé que se trataba de algunas agentes de los gobiernos interesados en las actividades del Comité; pero me di cuenta de que dejaron demasiadas pistas para ser de esa clase de especialistas... Creo que estoy viejo y ya no sirvo como custodio, y ustedes se aprovecharon de las circunstancias —se lamentó O'Neill—. Aún no sé quiénes son ustedes.

—Soy Pedro Gallardo Infante, periodista —se presentó Pedro, comenzando a confiar en aquel gigante con cara de pistolero y hombre peligroso, como otros que había

conocido en su vida y que por alguna razón le caía simpáti-
co. ¿De qué Comité habla?

—Bien, voy a decirles todo lo que sé, pero no es mucho,
aunque sí importante. No voy a pedirles que me desaten
hasta que confíen en mí, aunque esta posición es muy in-
cómoda, pero tomen asiento pues necesitaré algunos minutos para explicarles, porque todos aquí somos cadáveres
andantes —a los demás les pareció bien la sugerencia y se
sentaron para escuchar con atención lo que el rubio tenía
que comunicarles.

—Bien, comenzaré por presentarme: mi nombre es
Francis O'Neill y soy súbdito del Reino Unido... no, no soy
de los llamados nacionalistas irlandeses... más aún, yo co-
laboraba, en otros tiempos, con los británicos. Tengo el grado de coronel del Ejército Británico de la llamada "Brigada
de Voluntarios Irlandeses" que se inició durante la Segunda
Guerra Mundial y mi especialidad es la del espionaje electrónico, pues soy ingeniero electrónico graduado y posgra-
duado en Dublín.

Mis servicios fueron solicitados para el batallón de ingenieros que participó en la denominada "Operación Tor-
menta del Desierto" en 1991 para liberar a Kuwait de la
invasión de Irak; pero me siguieron un consejo de guerra
por golpear a un comandante inglés (se lo merecía el bastar-
do). Antes de que terminara el juicio en Kuwait me escapé
hasta Rusia que en esos momentos era estremecida en sus
más profundas raíces por la *glasnost* y la *perestroika*, es decir
la liberación y reestructuración de la economía de la Unión
Soviética que llevó a su disolución y al fin de la Guerra Fría;
y donde conseguí, por mis calificaciones, un puesto en las
empresas de un grupo élite desprendido de la Mafia Rusa.

Hizo una pausa como para dejar algo sentado y acla-
rado.

—Se trata de militares de alto rango, ex miembros del
Ejército Rojo, ex agentes de la KGB, pero en particular de
la Spetsnaz o unidad de operaciones especiales del directo-
rio principal de inteligencia del estado soviético que tenía

contactos en todo el mundo —y añadió—: El verdadero poder en Rusia antes y después de Mijail Gorbachov; y otro tanto en muchos países en los cinco continentes, con empresas reconocidas por su alta tecnología de frontera, particularmente en electrónica, y tiene contratos con gobiernos de todo linaje que se miden en billones de dólares. Por eso, esas empresas mantienen proyectos tan secretos como los que Estados Unidos y la Unión Soviética escondieron durante la Guerra Fría, con el fin de ganarla. Al parecer, un grupo de ellos, que llaman el Comité, no quedó contento con el desenlace y fin de la Guerra Fría y buscan revancha contra Occidente, particularmente contra lo que ellos llaman el Imperio Yanqui. El asunto no es puramente político y económico, hay cierto fanatismo nacionalista también. Para sus empresas necesitan hombres altamente calificados en espionaje y contraespionaje industrial como los que tiene la CIA y ahora la FSB (antigua KGB) en Rusia, especialmente si esos hombres han tenido entrenamiento militar. La empresa que me empleó se conoce en el mundo entero por su nombre en inglés: Chelyabinsky Electronic Research Center (ChERC), que inclusive los rusos ahora también usan; y su *headquarter* está situado en los montes Urales; un lugar donde jamás daría conmigo ni mucho menos podría apresarme el gobierno inglés, para reanudar mi suspendido consejo de guerra.

Pedro y las muchachas eran todo oídos, intrigados por lo que contaba aquel hombre, de quien no sabían si intentaba engañarlos y considerarlo enemigo o en verdad quería ayudarlos uniéndose a ellos.

—Mi trabajo consistía en conseguir, por cualquier medio, donde el latrocinio y el soborno son el pan de cada día en cualquier parte del mundo —particularmente de naciones desarrolladas—, secretos de innovaciones tecnológicas que pudiera entregar a las empresas del grupo de los Urales, según sus requerimientos, en misiones que me encargaban; es decir, reproducir planos de diseños, distraer prototipos de sus laboratorios, copiar programas y archivos de computadores, sobornar científicos... en los gobiernos o corporaciones del planeta que se dedican a la industria electrónica; para luego, entregárselos a los dueños de la empresa Chelyabinsky. La paga no solo era fabulosa, sino que además me había permitido adquirir la nacionalidad rusa y también pasaportes con identidades que me fueran útiles para mi trabajo. Para los británicos, yo era hombre muerto. Nunca más supieron de mí… después de todo, tenían otros problemas que atender. Este estado cómodo y, además, excitante de ganarme la vida, cambió casi radicalmente cuando me responsabilizaron con la custodia del Cyber.1 asignado al presidente de la RHL.

—¿Qué es el Cyber.1? —preguntó Simonne desconcertada, participando sin entender mucho de lo que hablaban los otros, mientras se sobaba la parte de atrás de la cabeza adolorida, sin dejar de mirar enfadada al irlandés.

—Ahí lo tienen —contestó aquel, y frunció los labios levantando la cabeza para hacer un gesto que apuntaba al carrito con el artefacto dentro. Pedro se acercó al aparato y terminó de descubrir un maletín negro ancho y con luces rojas y otras amarillas que titilaban al lado de las cerraduras.

—¡Caramba! ¡Una jaula de Faraday! Ahora me explico por qué no las han localizado —exclamó Francis alzando la voz asombrado. Para preguntar mirando a las chicas:

—¿Desde cuándo lo tienen dentro de ese carrito?

—Desde antes de tomar el tren en París, en la estación Gare de Lyon. Compramos el carro en una tienda cercana para arrastrarlo… pesa mucho —informó Desirée, y preguntó a continuación:

—¿Qué es una jaula de Faraday?

—Cualquier cosa física que impida recibir o enviar señales electromagnéticas. Desde un aparejo con rejillas y ruedas para transportar cosas como el que ustedes han usado para mover el Cyber.1, como recintos grandes, túneles o ascensores… Aunque veo que ustedes no guardaron el Cyber.1 para bloquear la señal que emite intermitente y lo muestra esa luz amarilla que prende y apaga al lado de las cerraduras como lo ven allí. Eso ha sido una circunstancia afortunada para ustedes y ahora para todos nosotros —y añadió resumiendo—, creo que mientras permanezca en ese carrito el Cyber.1 no podrá delatarnos. ¡Mantengámoslo allí!

—¿Pero, por fin, qué es el Cyber.1?, señor O'Neill —ahora fue Pedro quien preguntó.

—No lo sé —contestó Francis y Pedro creyó ver en su cara la sinceridad que su conocimiento del ser humano le había enseñado a detectar en las expresiones faciales. Pedro no creía que él pudiera ser engañado fácilmente con mentiras. Se especializaba en desenmascarar a los falsos, a los embusteros, a los que mienten intencionalmente y hasta los que lo hacen compulsivamente sin proponérselo.

—Solo sé —continuó Francis— que es un equipo electrónico quizás el más sofisticado y avanzado del mundo, que se abre solo con el reconocimiento por el computador (oí decir que es un computador cuántico, con la capacidad de los supercomputadores más grandes del mundo, pero cabe en un maletín, que puede ser transportado como equipaje de mano, nada de los modelos experimentales comerciales que necesitan varios metros cuadrados de espacio) de las huellas digitales de los pulgares del Presidente y quizás un par de personas más. Quien trate de abrirlo por otros medios volará por los aires —advirtió O'Neill para añadir—: seguramente estarán interesados en un artefacto así muchas empresas y gobiernos del mundo. Aunque, quien lo robe y venda no vivirá para disfrutarlo. Se los aseguro.

—Me parece que sé lo que debemos hacer —dijo Pedro—. Excúsenos un momento, O'Neill. Necesito conferenciar con mis amigas —y les hizo señas a las muchachas para que salieran con él al pasillo.

Apenas unos minutos después, regresó Pedro solo; tomó el carrito con el Cyber.1 y el ligero equipaje que las muchachas habían dejado en el suelo, para arrastrar todo hacia la puerta que daba al pasillo, y luego se acercó al hombre atado y que Diablo vigilaba atentamente, siguiendo la orden que no había cambiado Desirée... más aún, el perro permanecía alerta aunque sentado en sus patas traseras, pero con las delanteras firmes, sin perder de vista al irlandés.

—Lo primero que vamos a hacer es poner este artefacto... este Cyber.1 o como se llame y sea... en un lugar más seguro, las chicas se encargarán de llevarlo y refugiarse con él; mientras usted y yo tenemos una plática más extensa sobre lo que pasa. ¿Está bien? —preguntó Pedro dirigiéndose a O'Neill y salió sin esperar respuesta inmediata de Francis, por un momento, posiblemente para montar a las muchachas en algún taxi con el maletín y el equipaje.

Cuando regresó, abrió la puerta de entrada con la llave que le había entregado Desirée y entró al apartamento esperando sacarle más información a O'Neill y luego decidir qué hacer, se encontró con una gran sorpresa, pues O'Neill se había desencadenado y lo esperaba sentado cómodamente en uno de los sillones del recibidor, con el *laptop* en su regazo, acariciando con la mano derecha con suavidad la cabeza de *Diablo,* que yacía echado sobre su vientre como disfrutando de la caricia, sin ningún indicio de la actitud vigilante y agresiva de antes; y con la cadena y el candado hechos un ovillo en su mano izquierda como sopesándolos. Pedro extrajo rápidamente una de las pistolas que le había quitado a O'Neill y le apuntó con cuidado; con el índice puesto en el gatillo, decidido a dispararle si Francis lo atacaba.

—Puede guardarla, no le servirá de nada; esas pistolas que me quitó no son comunes, ya lo debe haber notado por la aleación tan liviana con que están hechas, por eso pesan tan poco aun siendo calibre 9 mm Parabellum. Fueron fabricadas por el mismo grupo que desarrolló los *cybers* y solo pueden usarlas quienes tengan en sus dedos anillos como estos —le dijo Francis mostrando ambas manos con las palmas extendidas hacia Pedro y en las que aquel pudo apreciar un anillo de plata en cada uno de los anulares de O'Neill; por el lado de las palmas a los anillos les sobresalía una pequeña lanceta, que seguramente encajaba en la culata de la pistola al asirla cerrando el puño.

Aunque Pedro le creyó, sin decir nada, apuntó al sofá y

apretó el gatillo que se deslizó totalmente flojo hacia atrás, como si se hubiese desengranado el mecanismo semiautomático del arma que no se amartilló como debería hacerlo. Francis lo observaba tranquilo.

—¡Escuche! He podido noquearlo con la misma arma que usted usó contra mí —y señaló con la cabeza el *laptop* que tenía sobre los muslos— emboscándolo detrás de la puerta. Pero no lo hice, espero que confíe en mí, necesitamos trabajar juntos y no perder más el tiempo —y mirando a *Diablo* mientras lo sobaba detrás de las orejas, le habló al perro—: Alto riesgo corrí contigo al darte las órdenes de descanso en español para que te echaras sin atacarme cuando me liberé de la cadena y dejaras de vigilarme; pero no me equivoqué, tu dueña prefiere hablarte en castellano, su lengua natal, ¿no es así?

Pedro, arrojó la pistola que sostenía en la mano sobre la mesita que estaba enfrente, sacó la otra de su cinturón e hizo lo mismo, luego se dejó caer sobre la silla delante de Francis, para decir:

—Bien, hablemos.

10 NANOTECNOLOGÍA

Los alojamientos residenciales de Víktor Pulansky — situados al borde de la frontera francesa de Meyrin, muy cerca del *Conseil Européen pour la Recherche Nucléaire* (el muy conocido y famoso C.E.R.N.), en un cantón de Suiza —, resultaron ser el refugio ideal para los llamados objetivos militares del Comité, en lo que se había convertido aquel grupo de dos mujeres y dos hombres... en opinión de Francis O'Neill.

Enterado por la llamada que le hizo Pedro a su PCP, Víktor Pulansky recibió a las muchachas que el periodista calificó de perseguidas políticas y había despachado en un taxi a su residencia, para que les brindara refugio que en total acuerdo aceptó asegurarles, por su inveterada oposición al populismo autocrático y dictatorial, que compartía con su mejor amigo desde los días de su juventud; particularmente intrigado por que las chicas portaban un artefacto electrónico, posiblemente militar, que había sido substraído de manos de un dictador latinoamericano y entregado a Pedro en circunstancias nada comunes y que después aquél le explicaría.

Su amigo le advirtió que el artefacto era rastreado vía satélite, por lo que no debería abrirse sin una protección como la que tiene en el carrito en que lo transportan y sirve de jaula de Faraday; más aún, no debía ser forzada su cerradura bajo ninguna circunstancia, pues en tal caso estallaría destruyendo todo lo que estuviese a su alrededor. Más tarde, Pedro le entregará la llave que lo abre. Así que el científico, una vez que alojó a las hermosas chicas en su casa, reconociendo a la mayor como la bella mujer en cuya compañía dejó a Pedro atrás en una galería de arte de París, les aseguró que en aquel lugar y bajo su égida estarían protegidas y muy seguras; pero que siguiendo lo acordado con Pedro, debería llevarse el maletín para estudiarlo en su laboratorio anexo a la mansión donde vivía y averiguar qué contenía y de qué se trataba.

Las mujeres no pusieron objeción alguna, pues confiaban en el periodista... no contaban con más nadie, después de todo.

****

La residencia de Pulansky era una mezcla muy rara del pasado tradicional francés de finales del siglo XIX, incorporado en una vieja mansión propia de la campiña francesa y un edificio moderno del siglo XXI, en donde se investigaba sobre tecnología cibernética avanzada, dirigida por el científico y llevada a cabo por un grupo de doce ingenieros, técnicos y otros especialistas que diseñaban y aunque no construían partes nanotecnológicas para equipos electrónicos que se producían en todos los lugares del mundo, recurrían a otros centros para manufacturarlos según sus diseños: así tenían mínimos gastos y máximos ingresos, una fórmula sencilla que había hecho millonario a Pulansky, que no sentía tentación por ser dueño de grandes fábricas (solo de ideas), sus equipos se reducían a computadores muy sofisticados y uso de otros laboratorios que alquilaba para experimentos físicos. Así que cuando una gran fábrica de las grandes empresas electrónicas del mundo se encontraba ante un nudo gordiano tecnológico que sus investigadores no podían deshacer, recurría a la espada magna de los genios de la Cynateci. La investigación, en la mayoría de los casos era de frontera tecnológica valiéndose del acelerador de partículas *Large Hadron Collider* —mejor conocido internacionalmente por sus siglas LHC—, el mayor del mundo para resolver problemas prácticos sin suficiente teoría en qué sustentarse; construido y operado por el C.E.R.N. a pocos kilómetros de allí y entre 50 y 175 metros bajo tierra.

En las investigaciones con el LHC, en la primavera del año 2030, participan actualmente 10.000 físicos de 100 países, con cientos de universidades y laboratorios como usuarios; incluyendo el de Víktor Pulasky con su empresa Cynateci. Con aquel gigantesco acelerador de partículas, los científicos esperan incursionar en las más profundas interioridades de la naturaleza física, y responder, entre otras cosas, cuáles eran las condiciones y leyes físicas en el Big Bang; es decir, el gran estallido de la génesis cósmica; creando microagujeros negros en el laboratorio. Pero ya hacía diez años se construía otro con el nombre temporal de *Future Circular Collider* cuatro veces mayor y cien veces más poderoso en los que la inversión hasta ahora había sido de 20.000 millones de euros y trabajaban 1.300 científicos y entre ellos Víktor como uno de los asesores, y con el que se esperaba tocar la cola al dragón de una energía generada por la antimateria de uso ilimitado y mucho más barata que las actuales fuentes de reactores nucleares. Se esperaba que estuviera listo para el 2035 y ganarle la carrera a China que hacía otro tanto.

En el año 2008, cuando se inició el proyecto de crear agujeros negros en el laboratorio del C.E.R.N. con el LHC, el mundo entero especuló si aquellos no serían unos huecos cósmicos que succionarían todo el planeta sacándolo del sistema solar; si es que no se tragaban al sol mismo y sus satélites. Entre los propios científicos había tal duda. No era la primera vez que los investigadores arriesgaban tanto.

Cuando el proyecto Manhattan se llevaba a cabo en total secreto para construir la primera bomba atómica en Álamo Gordo (USA), a algunos matemáticos les fue encomendada la tarea de calcular si era posible que al estallar el artefacto atómico se produjera una reacción en cadena que incendiara toda la atmósfera terrestre...; aunque los cálculos arrojaron que la probabilidad era muy remota, sí existía esa posibilidad, y se arriesgaron como sabemos...

EL C.E.R.N fue la cuna de la Internet que convirtió al planeta en una aldea. Allí se demostró la existencia del boson Higgs que penetra y le da materia a todo el universo y es el laboratorio donde se han gestado la investigación de varios premios Nobel en física y química; además tiene la mayor biblioteca de monografías en matemáticas del mundo llamada *root.*

En fin, el LHC del C.E.R.N hasta este momento, es la máquina más grande y compleja construida por el hombre en su búsqueda de la verdad científica. y en pocos años se tendría una más poderosa y que a Víktor le fascinaba tener tan cerca y al alcance de sus proyectos y contratos de investigación y desarrollo nanotecnológicos. Por eso se había instalado en Meyrin, aunque prefería en cada oportunidad que tenía escaparse a la Riviera francesa; allí esperaba mudarse a vivir algún día, cuando ya anciano nadie necesitara de sus servicios, para navegar, con más frecuencia de la que podía ahora, en el espectacular yate que hacía poco adquirió con casi todas las ganancias de los últimos años, bautizado "Entropía".

Víktor esperaba que su muerte ocurriera "*al declinar el día, en alta mar y de cara al cielo, donde pareciera un sueño la agonía y el alma un ave que remonta el vuelo...*". Como había leído de algún poeta romántico en su adolescencia, cuando todavía era ingenuo y encontraba en estrofas simples alivio a sentimientos graves; después, aunque le parecieron ripiosas las había grabado en una plaquita bajo el timón del Entropía como recuerdo de sus sentimientos de muchacho.

La nave tenía un presupuesto especial anual para mantenerla y cubrir los gastos de sus cruceros, que Pulansky casi incluía en los de su empresa, pero los contadores no se lo permitían, aunque le abrieron una cuenta especial en un banco suizo con tales propósitos únicamente, para asegurarle que complacería sus caprichos.

La residencia del Dr. Pulansky tiene dos frentes: uno de ellos, que mira al sur, lo ocupa un edificio blanco moderno de cuatro pisos, dos sobre la superficie y dos debajo, donde funcionan las oficinas y laboratorios de Cynateci, con un cercado eléctrico y vigilancia externa; y el otro, orientado al norte; como dejada caer allí, aunque construida casi un siglo antes que el edificio a sus espaldas, se extiende una mansión de quince habitaciones, con amplios jardines y protegida por una larga pared también con cerca eléctrica, y tres perros guardianes color sepia de raza Doberman Pinscher, un guardia en la garita de entrada y otro que recorre el patio interno, que sirve de hogar al científico-empresario.

—¿Cuándo sabremos acerca del Cyber.1? —preguntó Desirée, caminando por una de las veredas del jardín al lado de Pedro, cuando ya el sol comenzaba a ocultarse y aún estando en primavera, la temperatura descendía rápidamente en los valles alpinos.

—No lo sé; Víktor decidió estudiarlo él solo para mantenerlo en secreto, después que Francis lo abrió con la macabra llave de los dos pulgares arrancados del cadáver de 3R, y que había guardado con su equipaje en un hotel cercano y le acompañé a recoger antes de venir aquí —por cierto, ese hombre no solo tiene dos pistolas y un puñal que lleva siempre consigo, sino también un rifle de francotirador que hace pasar como de caza... es un tipo peligroso el coronel O'Neill—, bien, como te decía, una vez abierto el Cyber.1, Víktor se ha dedicado a escudriñarlo científicamente en su laboratorio... aquí al lado, bajo tierra y protegido por señales electromagnéticas que impiden cualquier espionaje electrónico; y, por supuesto, que pueda ser localizado aun con el más poderroso sistema de posicionamiento global, como nos previno Francis —le contestó Pedro, exteriorizando la misma expectativa que inquietaba a Desirée—. Ya lleva quince días investigándolo.

—Bueno, tendremos que seguir esperando —afirmó resignada la bella mujer—. Bien, parece que nadie se queja de nuestro anfitrión y de estar aquí en esta mansión. Nos atienden muy bien, ¿no te parece?

—Sí, Víktor es un gran dueño de casa; usualmente aloja a amigos suyos muy célebres del mundo científico e intelectual: investigadores en casi todas las ramas de las ciencias, algunos de ellos laureados con el Nobel; artistas, escritores... Personalmente, me siento muy honrado por estar aquí y con gran placer por tu compañía.

—Pedro, dime, ¿Qué piensas de mí, ahora que sabes que soy una *p... respectueuse?* —preguntó Desirée con gesto serio envolviéndolo en su mirada azul turquesa.

—¿Te importa mi opinión?

—Creo que mucho. Más que la de ninguna otra persona... si me lo crees.

—¿Por qué no? Te contestaré, pero yo quisiera saber más de ti... Sinceramente.

A Desirée le pareció que Pedro era veraz, que no la engañaba, en verdad, y aunque no confiaba en casi nadie... menos en un recién conocido, por una de las pocas veces en su vida contó su historia personal. Le dijo a Pedro que nació en la Habana, Cuba, en el año 1995, hija de una madre soltera, joven y de profesión "jinetera" que se llamaba Dolores Sevilla y que la vendió a cambio de un puñado de dólares, con tierna edad, y nunca supo quién fue su padre. La compró un matrimonio francés que traficaba con blancas; y legalizaron todos los papeles de adopción necesarios para llevarla a París (pues ella conservaba los documentos)... se trataba de los dueños originales de la Agencia de Traductores Poisson, hoy fallecidos.

Ella no era la única niña que aquellos franceses habían adoptado. La educaron para que fuera una hetaira de lujo... En su instinto comercial no se equivocaron, porque la niña se convirtió en una mujer con un cuerpo de pecado que fascinaba a los clientes más exigentes y pudientes... pero también, aunque no lo apreciaron igual, de una inteligencia excepcional, superior. Su virginidad fue negociada, cuando todavía era una adolescente, a un jeque saudita; que la jovencita supo aprovechar con astucia, superior a su experiencia y edad, para que diese una cantidad en pago de una libertad condicionada de sus padres adoptivos y explotadores sexuales, a cambio de ser su mujer por un año en entrega total. La libertad consistía en que ella escogería a sus clientes... podía rechazarlos aunque significara una cantidad importante de dinero; tendría tiempo para seguir estudios, se le reconocería la posición de traductora políglota —lo que hacía muy bien y mejoraba con los años y con nuevas lenguas para las que tenía una disposición natural—. Viajaría cuando lo considerase conveniente y nadie preguntaría ni se inmiscuiría en su vida personal. Durante una decena de años vivió así, y mantuvo el acuerdo con los herederos de la agencia, cuando fallecieron en un accidente de tránsito los primeros dueños; y en un año recibiría el grado de doctora en política internacional y acumulado suficiente dinero en Suiza, en cuya capital había adquirido un apartamento... le atraía la idea de montar su propia agencia legal y no una fachada para la prostitución de alta clase; esperaba dar servicios a las embajadas de muy variada índole logística para eventos internacionales que se celebraban con tanta frecuencia en París... cuando se vio envuelta en la muerte de un cliente tan especial, como lo fue el primer mandatario de un país geopolíticamente crucial en el momento actual, mientras ejercía su profesión de *putain respectueuse*.

Pedro la escuchó con interés sentimental y simpatía, en connivencia con lo que la muchacha le confiaba. No tenía ningún reproche y menos prejuicios, por quien sentía una atracción no solo física, sino también sentimental que día a día se hacía más difícil de controlar, con emociones encontradas, porque por primera vez en su vida Pedro Gallardo Infante, a pesar de su rica experiencia de conquistador y hombre de mundo, se estaba enamorando ingenuamente de una mujer quizás más culta e inteligente que él, de una belleza indescriptible, pero también una mujer que había prostituido su cuerpo desde niña. Y todo ello junto le causaba emociones y sentimientos muy complejos que no lograba poner en claro... una experiencia totalmente nueva en su vida.

—Desirée, no te juzgo porque hayas usado tus encantos para sobrevivir prostituyendo tu cuerpo; aunque no parece que lo hayas hecho con tu alma. Yo no puedo ser quien lance la primera piedra para juzgarte. Primero que todo, porque si tú vendes tus caricias para salir de una situación en que prácticamente viniste al mundo dentro de ella; yo me he acostado con mujeres sin amarlas y a veces hasta sin desearlas por razones menos justificables: vanidad, información, conveniencia, aburrimiento, curiosidad... Otra clase de prostitución que no es por dinero pero usando a otros sexualmente para fines distintos al amor. Así que me siento en iguales condiciones a las tuyas; entonces, no soy un crítico de quien por circunstancias para sobrevivir busca adaptarse al mundo y sus perversiones...

Me ha tocado ver la maldad de los hombres en la guerra, la peor de las perversiones humanas; he visto que los seres humanos son capaces de los más atroces crímenes: homicidios, violaciones, secuestros, ejecuciones, genocidios, torturas, depravaciones... y hasta cómo, bajo regímenes de terror, se vende al amigo, al hermano, al padre o a la familia entera para sobrevivir... aún hoy en día, a veces hasta superando en terror lo que fueron los campos de concentración nazi en el holocausto judío. Pareciera que la natura humana debe estar siempre en conflicto. No tengo ningún motivo para juzgar tu vida. ¿Me entiendes?

Y concluyó diciéndole:

—Mientras el hombre sea infeliz no será bueno. El amor es la esperanza de salvación para cada ser humano y para la humanidad entera, porque por el amor es feliz y por lo tanto bueno.

—Te creo, Pedro, y comparto contigo esa visión del mundo —dijo Desirée, mirando al hombre con aquellos ojos sin par y con una expresión de alegría en su rostro. Sentía que había encontrado un ser con quien soñaba en la soledad que la vida le había impuesto desde que tuvo memoria, sin padres, casi sin amigos con quienes compartir la existencia; solo aquella muchachita, Simonne, a quien protegía, y era lo más parecido a un familiar para ella.

Y poniéndose un poco nerviosa por lo que comenzaba a sentir, pues le daba miedo que fuera una quimera lo que le pasaba con Pedro, de improviso cambió la conversación.

—¿Qué hacen Simonne y Francis? —le preguntó a Pedro.

—Simonne ve televisión y lee algunas revistas de la

biblioteca de Víktor; mientras que O'Neill no deja de buscar algo en Internet, en uno de los computadores de la red que está en la biblioteca. Por cierto, después de la primera reacción de Simonne, muy comprensible, de enfadarse con el irlandés, ha hecho muy buenas migas con él. Lo busca constantemente para entablar conversación y saber de su vida... Ella tiene una naturaleza muy sencilla y amigable... Por lo que veo.

—Sí, Simonne es así; no hay persona que haya conocido con quien no cultive de inmediato su amistad. La muchacha necesita afecto —aclaró Desirée—. Todos lo necesitamos... —dijo, mirando de reojo al hombre con la cabeza baja.

—No le debe faltar, es una muchacha muy bella y alegre. Tanto como tú...

Habían llegado al pórtico de la casa, comenzaba a anochecer, se les acercó el secretario de Víktor; un hombre pura eficiencia.

—El doctor Pulansky los espera en el laboratorio, convocó a una conferencia con todos ustedes; pasemos por sus amigos en la mansión... yo los llevaré hasta allá, hay un pasillo que une el edificio con la casa.

Una vez dentro del edificio, bajaron dos pisos y encontraron una puerta de metal muy pesada, que se abrió automáticamente desde adentro. En un amplio espacio entre una variedad de equipos, mesas, estantes, revistas, mapas y papeles, los esperaba Víktor sentado detrás de una mesa, sobre la que manipulaba el Cyber.1 y un poco más allá un recipiente criogénico, que seguramente contenía los dos pulgares ennegrecidos que Francis le cercenó al finado presidente como salvoconducto.

Los invitó a sentarse y, rotando el Cyber.1 abierto hacia ellos para que la pantalla donde se veía gesticulando al presidente Ruiz quedara frente a sus huéspedes, les dijo:

—Amigos, este equipo que han bautizado correctamente como Cyber.1, y aparece en letras luminosas en esta pequeña pantalla, es el *non plus ultra* en la ciencia y la tecnología cibernética y de la nanotecnología que hasta ahora, según mi conocimiento, se ha hecho en este mundo. Esta

maravilla que ustedes me han traído, este artefacto electrónico deslumbrante, es fundamentalmente una máquina de
control y comunicación *per se*. Puede comunicarse en casi
todas las lenguas, romper códigos secretos de centenas de
dígitos y emitir señales electromagnéticas que pudieran
causar estados hipnóticos en cualquier ser humano que esté
cerca. Es decir, controlarlo. Que obviamente he logrado suprimir, antes que nada, para que no me afecte a mí, ni ahora
a ustedes, en esta habitación.

Mientras el científico decía todo esto, Pedro miraba el
maletín abierto por la mitad; en la parte superior, levanta-
da, frente a ellos, se podía apreciar una pantalla de unas
17 pulgadas, que en ese momento mostraba en colores al
presidente Ruíz con una fecha a su espalda en grande, que
era la de ese día, y un reloj con la hora del mediodía en su
país, seis horas casi más temprano que la de ellos en Suiza.
El Presidente gesticulaba y al parecer fanfarroneaba como
era su estilo, pero no se oía lo que decía pues Víktor había
desconectado el audio. En la parte inferior, apoyado sobre
la mesa, un tablero del mismo tamaño, al parecer muy complicado con más teclas que la que tiene usualmente el de
las computadoras corrientes y con luces de distintos colores
que Pedro no pudo identificar, y quizás unos dispositivos
como cornetas para el sonido y un micrófono, parecía ser
junto con la pantalla de arriba, todo el contenido externo
del Cyber.1. El color negro hacía resaltar más las luces y las
teclas. Víktor continuó explicando:

—Lo primero que debemos decir del Cyber.1 es que
está hecho de una aleación nueva de metales que lo hace
prácticamente indestructible frente a colisiones, radiaciones
nucleares o calor intenso; pero si estalla desde adentro con
una carga explosiva que lo protege contra cualquier intromisión no autorizada, multiplica la explosión inmensamen-
te disparando centenares de metralla a su alrededor. Lo segundo, es que su *hardware,* es decir su organización y diseño
físico, es el de un computador cuántico, el más poderoso
sobre la tierra —hizo una pausa y continuó—:

Los computadores se han reducido en un poco más de
medio siglo de ocupar espacios de varios metros cuadrados

hasta solo necesitar millonésimas de metro de materia para un procesador como el que guarda en sus entrañas este maletín. Es decir, que su procesamiento lo hace con partículas subatómicas individuales y no millones de ellas como en los computadores comerciales. Opera, entonces, a escala cuántica. Pero al llegar a la escala cuántica, la de los electrones, llamada así porque la física se comporta discretamente en cuantos que solo alcanzan los nanómetros en sus dimensiones, las cosas son muy diferentes.

Existen dos fenómenos que se dan a esa escala, muy difíciles de entender en la vida diaria; uno es la superposición de estados, y el otro es el enramado o *entanglement*. Por la superposición, un computador cuántico tiene todos los estados de sus registros de memoria superpuestos, hasta que es leído, entonces toma uno solo de los estados, según ciertas probabilidades de cada estado de ser llamado o colapsado los superpuestos en aquél.

Así que para procesar un programa, un computador comercial común debe pasar por cada paso del programa uno a uno, o si tiene varios procesadores en paralelo, en no más de una centena de miles simultáneamente; en uno cuántico, no importa lo inmenso que sea el número de pasos del programa, quizás millones de millones de ellos para terminar una tarea, por la superposición de estados, los pasa todos a la vez. En consecuencia, un computador cuántico es ilimitadamente poderoso. Este artefacto que ustedes ven aquí es un supercomputador, el más grande del mundo metido en un maletín: ¡Inverosímil! ¿No les parece? —dijo encantado el doctor Pulansky.

—Y, ¿qué buscan con ello... quienes lo armaron? —preguntó Pedro, mientras los demás seguían interesados en lo que allí se decía... excepto Simonne, quien miraba alrededor buscando en qué distraerse, pues no entendía nada de lo que pasaba; solo que con estas personas se sentía segura, aunque se hablase de peligro inminente... particularmente, con Francis, se sentía protegida.

—Tener la capacidad de hacer un programa como este —contestó Víktor—, y apretó una tecla que alzó la voz del presidente en la pantalla del Cyber.1.

—"... *estoy llamando a una movilización general, cada uno de nuestros compatriotas es un soldado... fíjense en la fecha de hoy y en la hora que anuncio el estado de guerra asimétrica contra el Imperio...".*

Vociferaba 3R por la pantalla mientras señalaba un tablero inmenso con la fecha 29, mayo, 2030; hora: 12 m.

—No entiendo, qué pasa con ese doble o videos viejos del presidente —inquirió Desirée.

—Ni es un doble ni es un video viejo. Pongan atención —dijo el científico animadísimo, mientras tomaba un control remoto y apuntó a un aparato de TV que estaba empotrado en una columna del laboratorio y de inmediato se encendió la pantalla con la misma imagen que aparecía en el Cyber.1, pero de una transmisión de la red de televisión estatal y única de la RHL.

—Lo que ven es la realidad virtual creada por un programa de inteligencia artificial y telemática: el más avanzado del mundo —aclaró Víktor—. Lo primero que hice, cuando apareció en la pantalla del Cyber.1 el Presidente, que suponemos muerto y tenemos sus pulgares, fue comparar el espectro de su voz con un programa del tipo *speaker identification*; esto es, un programa de computación que reconoce por sus parámetros biométricos fisiológicos y por su comportamiento que una voz que se escucha es la de una determinada persona y no la de otra; algo parecido a la identificación de un individuo por su huella dactilar, pero por su voz, una huella acústica —les explicaba Víktor:

—Como ustedes saben, la voz, como la huella dactilar, es única para cada persona. El presidente Ruiz, unos días atrás pronunció un discurso (igual que siempre: contra el capitalismo imperial) en la conferencia mundial sobre biocombustibles y la red alimentaria globalizada en París; en el cual mi compañía estuvo inscrita y exhibió algunos nuevos nanocomponentes electrónicos para la industria de la agricultura de precisión; así que en pocos minutos por Internet obtuve el discurso de 3R de mis empleados en París que asistieron a la conferencia; luego, sometí la voz de 3R al programa *speaker identification* que la comparó con la del Cyber.1 y es la misma. No es un doble; tampoco son videos viejos pues está hablando en vivo y directo; solo que no es él, es su imagen virtual —como pueden ver, con sus pulgares intactos—, tan actual y dinámica como sería la del presidente 3R si estuviera vivo y en cadena por la televisión de su país; es una ciberimagen del Presidente: un *Ciberpresidente*.

—Sospecho una conspiración mayúscula —se atrevió a conjeturar Pedro.

—Si todo lo que usted dice es así —intervino Desirée—, pueden hacerle creer a la población de aquel país, no solo que su presidente está vivo, sino que les dice lo que quiera que diga quien o quienes operen esos *cybers*.

—Sí, el Comité —añadió O'Neill convencido.

—La cosa es todavía más grave —continuó Pulansky—. Como les advertí antes, creo que este artefacto tiene una capacidad mayor que simplemente organizar imágenes virtuales de personas, como antes les anuncié. Creo que las sintoniza con ondas electromagnéticas para que los televidentes entren en algún estado hipnótico que les haga aceptar sin crítica alguna, sumisos, lo que dicen las imágenes. Me temo que el propósito de estos *cybers* es convertir a toda una masa de la población, que habite en un área geográfica escogida, en esclavos, en robots de lo que ordene el controlador a través de las imágenes, sonidos y ondas en sintonía con las ondas cerebrales de esa masa.

—Ahora entiendo cómo dominan a un país con tanto discurso irracional, como lo vienen haciendo en la RHL —masculló Pedro acariciando su barbilla con los dedos de la mano derecha, un gesto intuitivo que hacía casi como tic nervioso cuando se sentía inquieto.

—Hay otra cosa y creo que muy preocupante también —agregó Víktor—. El otro fenómeno cuántico que mencioné antes, ya probado científicamente, es que las partículas con un mismo origen se enraman de tal manera que hay comunicación instantánea entre ellas, aunque las separen distancias cósmicas. De manera que lo que pasa en este momento en este Cyber.1, está siendo detectado al instante por los otros *cybers*: el Cyber.2 y el Cyber.3 que según nos dijo Francis existen. No es necesaria ninguna comunicación electromagnética para que haya comunicación entre ellos, es como si las tres máquinas fueran una sola aunque estén separadas entre sí por miles de kilómetros.

—¿Quiere decir que pueden localizarnos? —preguntó O'Neill inquieto.

—No, no pueden saber dónde está el Cyber.1, como se sabe por un rastreador satelital comercial —le contestó el científico, mientras caminaba alrededor de la mesa. Pero si como sospecho, quien diseñó estos artefactos cibernéticos es mi pupilo Roger Boscovich —un hombre que odia a los Estados Unidos, aunque estudió en el MIT—, y su tesis de la que fui su tutor es de la mayor innovación tecnológica que hasta ahora exista en el campo de la nanotecnología. Se basa en mis investigaciones sobre una teoría integral de la nanotecnología o TIN.

Los demás escuchaban en silencio intentando entender bien: el Comité podía saber que el Cyber.1 estaba siendo operado en el mismo momento que esto se hiciese, por algún extraño y misterioso mecanismo de comunicación instantánea llamado enramado o *entanglement* que solo los científicos e ingenieros entienden; pero no podían localizar la máquina; aunque sin saberlo estuviese en el cuarto de al lado. Entonces, ¿por qué preocuparse?

Víktor hizo ademanes de querer continuar.

—Pero así como yo sospecho que detrás de este artefacto está el genio de Boscovich; aquel puede barruntar que soy yo quien lo tiene y está manipulando en este momento, quizás la única persona del mundo que puede aprender a operarlo en solo unos días; pues la teoría en que se basa es mía… únicamente mía. Y cualquiera sabe dónde vivo y dónde trabajo: aquí al lado del C.E.R.N. en Meyrin —y alzando la voz, como ordenándole a los demás, les dijo ¡Debemos alejarnos de aquí cuanto antes, sé adónde ir!

****

Víktor Pulansky sabía muy bien quiénes eran los de la Mafia Rusa y que al refugiar a aquellas personas bajo su techo y conocer acerca del Cyber.1, también se convertía él en otro objetivo militar. Pero no le infundía temor aquella posibilidad de ser perseguido por asesinos expertos para liquidarle, pues en su fuero más íntimo encontraba fascinante embarcarse en una aventura de lo que parecía ser un complot internacional. Ya era tiempo de que su vida tuviese algún cambio. Siempre había envidiado a su mejor amigo, el periodista Pedro Gallardo Infante, por los largos viajes que emprendía continuamente a exóticos lugares detrás de la noticia, los escenarios de peligro que visitaba para después narrar la experiencia en sus reportajes, la gente singular que conocía, los acontecimientos históricos en que participaba... mientras que él reducía la aventura del vivir a un laboratorio, a la investigación, a las ideas... y a sus negocios, claro está. Bienvenida, entonces, esta oportunidad de ser parte de un grupo, que aunque pequeño, había develado una conspiración de la mayor envergadura que jamás el mundo hubiera conocido... ¡Qué emoción! ¡Qué droga tan excitante es la adrenalina! —se dijo Víktor en franca exultación que no les pasó desapercibida ni a Desirée ni a Pedro.

11 LOS URALES

En los laboratorios más secretos de la ChERC en los montes Urales, con el propósito de ensamblar el Cyber.1B, Roger Boscovich se vale del Cyber.3 de Borodin. Esta vez, el trabajo parece menos arduo que cuando construyó los primeros tres *cybers*. Solo hacía cinco días que había regresado de la Isla y no se preocupaba mucho por el Cyber.1. Es posible que ya Francis lo hubiera negociado con la CIA o los israelíes, siempre detrás de alguna novedad electrónica de carácter bélico, o Irán o los mismos franceses...

Sabía muy bien que antes de que lograran penetrar en la intricada programación a escala cuántica del Cyber.1, que por lo menos —contando con los mejores expertos en esos países, cuyo estado de desarrollo en electrónica conocía muy bien Boscovich—, les tomaría un año develar sus misterios después de abrirlo; para entonces, ya la Misión Ciberpresidente habría hecho un daño quizás irreparable a los Estados Unidos y a las economías capitalistas imbricadas con las de aquella superpotencia; es decir, casi todo el mundo occidental.

Afortunadamente para él, cuando construyó la memoria para los *cybers* empleando el LHC del C.E.R.N., simplemente como proyectos de la empresa rusa Chelyabinsky, manejados con permiso confidencial totalmente legal de las autoridades del C.E.R.N. para probar con nuevos metales creados desde su escala atómica y no conocidos hasta entonces; camuflados como de alta tecnología electrónica de una empresa rusa entre las muchas que en los últimos años avanzaban con la mayor competitividad tecnológica en el mundo entero; había ensamblado suficiente memoria cuántica para construir hasta dos *cybers* más... solo para ser precavido. Pero en los momentos en que trabajaba en el Cyber.3, el sistema operativo del artefacto cuántico anunció que parte de la memoria que pertenecía al Cyber.1 había sido activada. ¡Esto era inaudito! ¿Quién era capaz de lograr una hazaña así en solo dos semanas? ¡Nadie!... Quizás... solo un hombre en la tierra, su admirado y genial profesor Víktor Pulansky, en Meyrin. Pero ¿cómo llegó el Cyber.1 a sus manos... si nadie fuera del Comité sabe de su existencia? De pronto, al ingeniero se le ocurrió que su tutor también estaría interesado en robar secretos industriales o militares; y aunque de principios y moral irreprochables y reconocidos por quienquiera que lo trataba, después de todo también era un ser con debilidades humanas, y obviamente era un hombre de negocios. Difícil de creer todo aquello, pero este mundo está lleno de traiciones y corrupción... si lo sabría él. De alguna manera, Francis, las rameras y el doctor Pulansky se conectaron... no era la primera vez que el sexo abría la puerta al espionaje...

El Presidente mismo no podía descartarse que, bajo la confianza agradecida de una noche de placer sexual y el licor como ingrediente, hubiera aflojado la lengua y quizás revelar secretos que en otras circunstancias ni siquiera mencionaría: pero ya era conocido el gigantesco ego de 3R; aunque ignoraba totalmente de qué se trataba ni siquiera que existía una Misión Ciberpresidente, solo estaba consciente de que participaba con los *cybers* en algún medio para destruir la economía de los Estados Unidos y poner al Imperio de rodillas frente a la Mafia Rusa... al menos eso se le había dicho cuando grabó en el Cyber.1 centenares de imágenes de su persona. Roger Boscovich concluyó que ahora no importaba cómo le había llegado el Cyber.1 a las manos expertas de Pulansky, era necesario recuperarlo antes que aquel científico o quien haya logrado penetrar su programación, sin duda un *superhacker*, llegara a saber más y poner en peligro la Misión Ciberpresidente.

Tomó el teléfono móvil y se comunicó con Borodin.

—Camarada, creo tener una pista para recuperar el Cyber-1... debemos activar un comando, una *task force*... debo ir con ellos a Suiza a rescatarlo.

—Estoy en sus manos camarada Boscovich, lo que usted proponga. ¿Cuán grave es la situación?

—No sé cómo explicarla. Un *hacker*, el más brillante y perspicaz que yo jamás haya conocido, maneja perfectamente una tecnología que no creo la domine más de una docena de expertos en todo el planeta... Aunque, casi todos ellos la han leído solo en el dominio teórico, no en su aplicación práctica —me refiero a la cibernanotecnología—, como para que alguno de ellos pudiera ni siquiera imaginar el diseño de un *cyber*; pues bien, el maldito *hacker* logró hacer el trabajo en quince días de lo que yo estimo le llevaría un año o más a un *team* de expertos de la más alta calificación posible —explicaba Boscovich muy nervioso, pero confiado en que no se equivocaba... aunque podía pasarle.

—El *hacker* usó el propio Cyber.1 para que le develara sus misterios, simplemente alimentándolo con su programa principal o *main program*, el que supervisa todo lo que hace el Cyber.1, para que lo analizara; de manera que el propio Cyber.1 se explicó a sí mismo, le dijo a quien lo consultaba qué y cómo operaban sus programas y para qué estaban programados aquellos —decía Roger mientras se secaba con un pañuelo el sudor abundante que le corría por la frente. Debía confesar un error... los errores en el Comité se pagan muy caros... humanamente era imposible que alguien pudiera pensar de manera tan insólita para que él no la hubiera considerado y vacunarse contra tal posibilidad; era tan escasa la probabilidad que los *cybers* llegasen a las manos de alguien que pudiera programarlos, que nunca fue considerada.

Pero ya vemos, de casualidades improbables está hecho este mundo. El Cyber.1 cayó en manos de alguien que sí podía pensar de manera tan creativa por lo irregular y nada usual, un genio diría Boscovich; y usar tal posibilidad: la de alimentar a la máquina con su propio programa de control, su supervisor, su programa principal... para que el computador se explicara él mismo, se confesara... Claro, los *cybers* solo podían abrirse con las huellas dactilares de los pulgares de las personas autorizadas, quienes no tienen experticia científica y tecnológica para reprogramarlos, como la tenía aquel extraño *hacker*. De manera que una vez abierto, el programa principal cuyo nombre sin ningún *password* (las huellas dactilares constituían un *password* irreemplazable) aparecía el diálogo con que iniciaba en cualquier idioma —tenía centenares de traductores—, sus operaciones para obedecer a quien lo consultase, ya que se presumía que el *hacker* que lo hacía tenía las huellas dactilares autorizadas... Si no, ¡bum! Y adiós Cyber.1 y *hacker*...

El estuche que contenía al Cyber.1 y los otros *cybers* también podían soportar explosiones externas muy fuertes; pero estaban programados para volarse en mil pedazos desde adentro y con ellos a quienes estuvieran en una docena de metros a la redonda si fueran forzados o usadas instrucciones tecleadas o por voces no autorizadas. Al parecer el *hacker* tecleó el nombre del propio Cyber.1 que se leyó a sí mismo como otro programa a descifrar y se desnudó a los ojos de aquel; entonces, quizás lo primero que hizo el *hacker* fue autorizarse incluyendo que aceptara sus propias huellas dactilares en lugar de las del presidente, ya podía prescindir de los pulgares arrancados de las manos del difunto mandatario, que en pocas horas dejarían de servir para cerrar y volver abrir el Cyber.1. Luego, cuando, seguramente, se enteró de los programas de control mental, los desactivó para que no afectasen a los que operaban con el aparato y así fue dejándolo inofensivo para estudiarlo a su conveniencia y comodidad. Un genio con tal creatividad y brillantez no tardará en descubrir nuestras veladas intenciones. ¡Debemos detenerlo!

—¡Adelante! —autorizó Borodin.

****

A Boscovich solo le había llevado una semana preparar la *task force* que les devolvería el Cyber.1 y viajar a Ginebra, donde lo esperaban dos automóviles para recuperarlo y un comando de apoyo a la operación, en el supuesto que Pulansky y Francis O'Neill lo tuvieran allí; el mismo tiempo que al genio de Pulansky le llevó adelantársele.

El comando organizado por el Comité arribó en dos grupos de tres hombres cada uno, con bragas negras y pasamontañas, uno hacia el lado norte para acercarse a la garita donde un guardia custodiaba la casa; y otro por el lado sur hacía lo mismo frente al edificio Cybernanotechnology. En pocos minutos dominaron a los guardias y penetraron en las instalaciones; un poco después, y por el radiocomunicador que como alambre de medio arco era sostenido en la cabeza y alcanzaba el oído derecho y la boca de Boscovich, aquel oyó las voces de los líderes de los dos grupos, que casi simultáneamente le anunciaron:

—Todo asegurado, puede entrar.

Roger Boscovich se apeó del auto que se había adelantado hasta quedar al frente del hogar de Pulansky, chequeó la hora: 1:30 de la madrugada y entró en la mansión. Todo estaba a oscuras, pero podía ver perfectamente con el visor nocturno monocular colocado en su ojo izquierdo. Uno de sus comandos lo esperaba frente a la puerta.

—La casa está vacía y no hay energía.

Por la radio le decían lo mismo del edificio: "está vació y no tiene energía, hay un pasillo entre la casa y el edificio".

Roger Boscovich, temiendo lo peor, que su presa se había escapado con el maletín cibernético, ordenó un registro total de las instalaciones. Dos horas después no aparecía ninguna de las personas buscadas ni el Cyber.1... Interrogados los dos guardias dijeron que habían sido contratados hacía dos días, pues la empresa cerró las oficinas por una fuga de radiación nuclear de una de las pilas en un laboratorio de la compañía en el sótano; pero para evitar cualquier peligro de contaminación en el personal se les dio un permiso de un mes, mientras se reestructuraba el edificio, lo que estaba programado para dentro de tres días por una compañía constructora especializada, que llegaría allí con todo el personal necesario.

Los científicos, ingenieros y técnicos de Cybernanotechnology sumaban solo una docena y se alegraron por este adelanto de vacaciones. Aunque algunos tenían proyectos que no podrían detenerse que afortunadamente se hacían en el C.E.R.N. Más aún, también se había despachado ao personal de servicios de la casa, para evitar cualquier riesgo en su salud.

Boscovich no se tragó el cuento. Un acontecimiento así tan conveniente, no podía ser casual, y confirmaba sus sospechas de que el Cyber.1 paró en manos de Pulansky. Más aún, el comando disponía de un contador Geiger muy avanzado para localizar el Cyber.1, pues la pila atómica que le daba energía inagotable emitía radiación que, aunque muy baja, podía ser detectada con tal instrumento, pero en su recorrido por todos los rincones no registró radiación alguna: ni en la casa ni en el edificio... lo que además corroboró su sospecha de que la coartada de la suspensión de actividades por contaminación radiactiva era una treta.

Boscovich meditaba sentado en un sofá del *hall* de la mansión sin saber qué hacer, mientras sus secuaces seguían registrando minuciosamente las instalaciones. Uno de los comandos se le acercó con algo en la mano, parecía una polvera de nácar, de forma rectangular, bordeada con una cinta de oro, con fondo negro y un pez de colores con aletas doradas y escamas plateadas; dentro, encontró un juego de tarjetas de presentación, con las señas de la agencia de traductores Poisson y el nombre de Simonne Le Brix; seguramente olvidada por una de las *dames compagnies* que se acostaron con el Presidente en la noche de su muerte. Los nombres de las chicas eran, según bien recordaba en la investigación que seguía el Comité: Desirée y... ¡Simonne!

"Te tengo maestro, es hora de poner las cartas sobre la mesa", se dijo Roger Boscovich. Cuando alzó la vista, sobre la chimenea una gran fotografía de su maestro Víktor Pulansky Nesterosky, con gorra de *skipper,* suéter blanco de cuello tortuga y chaqueta azul de capitán, saludada desde la popa de un inmenso yate; debajo de la bandera francesa ondeante se alcanzaba leer el nombre de Entropía y la identificación de su atracadero en Niza, en la Riviera francesa. ¡Buena pista!

12 EL YATE ENTROPÍA

El yate —plateado luna, azul cielo y blanco espuma— bautizado con el nombre de Entropía, tiene un largo de 44 metros de eslora y máxima anchura de 9 metros; cuatro cabinas dobles, cuatro sencillas, todas con baños privados; algunos *jacuzzis*, varios ambientes de estar, comedor, sala de juegos, cocinas..., solárium; con dos motores incorporados al casco de 4000 CV y tanques de gasoil de 69 metros cúbicos, suficiente para viajes transoceánicos hasta de 3200 millas náuticas, como también planta eléctrica de 99 kilovatios para suministrar energía bajo cualquier circunstancia, generadores de agua potable con capacidad de 5 metros cúbicos diarios... inclusive, un equipo de supervivencia en caso de un naufragio como radiotransmisores portátiles y otras ayudas y un sistema que lo hacía insumergible si ocurriera una colisión; plataformas de observación, lancha de fondo plano con motor fuera de borda para acercarse a las playas —oculta dentro del casco por la popa— una alacena para almacenar víveres y depósitos para guardar repuestos de la maquinaria y los equipos electrónicos, lencería y otros suministros; todo en tres *decks*, y puede viajar desde el Mediterráneo al Caribe y hospedar a 12 invitados. Con una tripulación usualmente de tres hombres, capitán y asistentes; y dos mujeres: chef y mucama.

Era la pasión de Víktor Pulansky desde hacía dos años cuando lo recibió de los astilleros italianos; y lo usaba para sus vacaciones anuales de verano, cuando fungía de capitán de yate *(skipper)*, título que había recibido en sus cursos de navegación de altura hacía ya diez años. El magnífico yate usualmente estaba anclado en Niza, y la tripulación era contratada muy de antemano. Sin embargo, Pulansky pudo conseguir una en cuestión de horas: todos viejos amigos, particularmente Dorian Gabin, un capitán muy experimentado, casi retirado, su esposa Thérèse y su hijo de veintidós años Jean Claude que estuvieron dispuestos a servirle por un mes y más durante aquella primavera de 2030. Víktor fungía de asistente y Thérèse de chef y mucama.

A los miembros de la tripulación les complacía en sumo grado atender a los distinguidos y célebres huéspedes del doctor Pulansky, quien gozaba de fama internacional. Esta vez, solo conocían al periodista Pedro Gallardo Infante, pues había sido pasajero en otros cruceros; pero nunca habían oído hablar del rubio irlandés y las dos jóvenes muchachas que acompañaban al Dr. Pulansky en tan inopinado viaje. El destino era el de las islas Vírgenes Británicas en el mar Caribe.

A los dos días de haber zarpado de Niza y cuando ya enfilaban al suroeste, Víktor recibió una llamada de su secretario en Meyrin.

—Tal como usted lo previno doctor, fuimos visitados. No maltrataron a los guardias aunque sí los interrogaron. Cargaban solo pistolas de alta potencia, no parecía que venían a usarlas. Los vehículos fueron parqueados lejos sin que los guardias pudieran verlos. Recorrieron y registraron todas las instalaciones; no se llevaron nada. Siguiendo sus órdenes no denunciamos la intromisión a las autoridades francesas. La empresa permanecerá cerrada por unos días más, como usted quiere; dentro de cuatro semanas me encargaré yo mismo de que todo el personal vuelva a su trabajo, tanto en la empresa como en la casa. Espero por sus nuevas órdenes…

—¡OK!, siga con los trabajos usuales y mantengan la mayor naturalidad con relación a todo esto, pero no lo comente con nadie. Sé que mi personal hará preguntas por esa interrupción de cuatro semanas, aunque pagadas. Dígale a todos ellos que yo les daré las explicaciones del caso a mi regreso y, como con todo lo de nuestro trabajo, el silencio, la discreción y el hermetismo se imponen obligatoriamente; recuérdeles el contrato de confidencialidad que todos tienen firmado con mi empresa… eso no estaría demás.

****

El espléndido yate se desplaza a 25 nudos hacia el suroeste separando las aguas para arrojar dos estelas de olas espumosas a los lados que lo distinguen en el ancho océano desde muy lejos, después de cruzar el estrecho de Gibraltar, adentrándose en el Atlántico. Desde la plataforma de observación mirando hacia el estrecho que se aleja, Pedro y Desirée, con ropa playera de uso náutico comprada en Niza, conversan embelesados. Los sentimientos afloran, Pedro se acerca a la muchacha y la besa en los labios, dulcemente, como un adolescente daría su primer beso a una virginal novia… casi un contraste, por ser ambos tan experimentados en el amor erótico. Pero es lo que sienten.

Aunque ya había un pacto, para que Desirée se mudara a la cabina de Pedro aquella misma noche; era el segundo día a bordo. Simonne no preguntó nada cuando su amiga durante el día movió sus bolsos de equipaje de la cabina doble que ocupaban hacia la sencilla de Pedro… ella esperaba que esto le facilitaría la oportunidad a Francis de visitarla en la noche… lo que deseaba vehementemente.

*****

En la sala de juego, Francis y Simonne simulan jugar a las cartas, pero en verdad estaban interesados en otro juego más excitante.

—Dime Francis, esa Entropía, es un amor fatal del doctor Pulansky... una bella mujer que lo abandonó... hay una placa debajo del timón con un verso que quizás le compuso, donde habla de querer morir. Todos los yates llevan nombre de mujer, usualmente recuerdos de un gran amor de sus dueños —preguntó la seductora chica, acercándose cuanto podía al rudo ex militar irlandés, que se mareaba no por los violentos movimientos del yate, sino por no poder apartar la vista de los altivos senos de Simonne que sin *brassiere* se alzaban ágiles y desafiantes dentro del corto abigarrado pareo tahitiano con que apenas se vestía desde debajo de los brazos hasta medio muslo.

—No, mi pequeña... no es el nombre de una chica —contestó O'Neill haciendo un esfuerzo titánico de autocontrol para no saltarle encima a la endemoniada y voluptuosa chiquilla—. Se trata del nombre técnico de un fenómeno físico muy importante para la ciencia en que es especialista el doctor Pulansky.

—¿Puedes explicármelo? —volvió la muchacha al ataque, pues el contenido de la conversación no significaba nada para ella, solo un medio, una excusa, para aproximarse como una gata en celo al macho que estaba a su alcance, pues se había levantado de su asiento dejando las cartas sobre la mesa, para colocársele al lado, muy cerca, tirándole los brazos sobre el cuello al sentarse en el mismo banco en que aquel lo hacía, muy pegadita a su cuerpo musculoso en una caricia que Francis no había buscado ni concedido; con el seno izquierdo puntiagudo aplastado sobre su hombro derecho, la muchacha esperaba por una supuesta respuesta.

—¡Ejem! —titubeó Francis, que ya no podía ocultar su turbación y la excitación sexual que le estaba dominando, para intentar lo imposible: explicar en tal estado de libido enardecida, tratando de concentrarse en algunas ideas, lo que la entropía significa en cibernética de manera sencilla.

—Empecemos... con lo de la cibernética: es una disciplina, un arte, el arte de gobernar, de dirigir... por ejemplo, conducir, controlar, pilotar este yate (de hecho la palabra tiene un origen griego que significa "el arte de pilotar un navío"). Pero la cibernética no estudia casos particulares sino generales de todo lo que puede ser dirigido, gobernado, controlado... es decir, cualquier sistema, cualquier organización, como por ejemplo una máquina, un animal, una sociedad... un país, tu cuerpo... este barco... —. Y le pasó el brazo por la cintura; la muchacha sonrió y le mordisqueo el lóbulo de la oreja. Francis sintió que una corriente eléctrica le recorría desde la oreja mordida hasta su entrepierna y en el estómago se le agitaban cientos de mariposas. Pero dominándose siguió con el juego:

—Para controlar que este yate mantenga su rumbo hacia el mar Caribe, por ejemplo, hay que considerar muchos factores que lo alejan de su destino, el impulso de los motores, que le imprimen una velocidad que acelera y desacelera, el viento, el choque contra las olas, hasta el mismo movimiento del planeta... Los marineros antiguos usaban la brújula, el sextante, la posición de las estrellas... hoy, gracias a los computadores y por un sistema que se comunica con un satélite... sí... sí chiquilla... se sabe exactamente en qué parte del planeta estamos minuto a minuto, aunque nos desplacemos a 70 y más kilómetros por hora... "me estás volviendo loco Simonne... me temo que puedo tener un accidente... no puedo controlarme", pensaba para sí. Entonces, el computador procesa muchos datos para corregir el rumbo si nos desviamos de la ruta..., pero todo tiende al desorden en este mundo y si no corregimos la desviación pronto iríamos a parar a las costas del África... esa tendencia al desorden se mide en una magnitud que se llama entropía, esto es la incertidumbre en los datos que tenemos... me imagino que el doctor Pulansky relaciona el nombre con el control del yate...

Pero no soportó más, pues la muchacha había bajado su mano al muslo del gigante; volteándose le atropelló la cara con un mordisco en la boca, la alzó en vilo, y se la llevó por una escalera al *deck* inferior donde estaba la cabina que le habían asignado. Simonne reía como loca, a carcajadas, enardecidas sus pasiones también; Francis trataba de callarla apretando sus labios contra los de la deliciosa mujer...

****

El doctor Pulansky no tenía interés alguno en lo que hacían sus huéspedes. Desde que partieron de Niza le entregó el mando del yate a su amigo el capitán Dorian Gabin y se olvidó que se le había ofrecido como asistente para concentrarse de lleno en investigar el Cyber.1. Una vez que lo habían abierto con los pulgares del presidente 3R, solo su genial inteligencia era todo el instrumental que necesitaba para develar los misterios que encerraba. Se instaló en el bar del yate, y en una mesa larga colocó el maletín electrónico abierto, pues ya había logrado apagar la señal que lo localizaba por satélite y podía operarlo a discreción sin estar protegido por una jaula de Faraday, se sentó frente a él y de allí no se despegó ni un momento más; hacía que la *chef* Thérèse le llevase alimentos fríos y no acompañaba a sus amigos en ninguna de las comidas a bordo... estos entendieron y lo dejaron solo, pues ni podían ayudarle ni estaban muy interesados en hacerlo; confiaban en la capacidad científica de Pulansky y tenían otros intereses más inmediatos relacionados con la exploración de sus personas...

****

Uno de los primeros patrones de *software* con que funcionaba la máquina, aunque posiblemente fuera programada por centenares de programadores en todo el mundo contratados por ChERC, sin que ninguno supiese lo que hacían los demás hasta que Boscovich y sus ingenieros en los Urales los integraban en el artefacto, consistía en que cada programa dentro del Cyber.1 se identificaba como una máquina de Turing.

Alan M. Turing concibió una máquina abstracta, matemática, no física, de hecho tiene una memoria infinita imposible de realizar en la realidad concreta en forma de cinta que no termina por ninguno de los dos extremos, y demostró que todo programa habido o por haber tiene una máquina de Turing que lo ejecuta. Pero, además, existe un número único para cada máquina, para cada programa... excepto para algunos casos llamados innumerables y con lo que puso límites a las máquinas de computación en cuanto a lo que podían o no podían hacer.

Bueno, el diabólico de Boscovich creó un código de Turing en la computación cuántica del Cyber.1; así cada programa del Cyber.1 tenía un código, si se le daba el código al Cyber.1, este llamaba al programa específico y lo corría. Como si a una máquina real, por ejemplo, se le diera el código genético de una persona como *input* o insumo y arrojara por otro lado de la máquina a la persona como *output* o producto. Puesto que como todo era muy complicado de recordar, al principio de cada programa Boscovich codificó el nombre del padre científico de la estirpe del programa como recordatorio o enlace: así, el programa principal, se llama *turing* por Alan M. Turing, y el programa de control mental de las multitudes, *lebon,* en honor a Gustave Le Bon, un estudioso de la psicología de las multitudes...

Después del programa principal, Pulansky buscó los códigos del programa que aceptaba como huellas dactilares para abrir el maletín solo a las del presidente, y resultó ser simplemente, como se le llamaba al Presidente: 3R. Una vez que obtuvo el programa y conociendo el sistema de codificación lo modificó para que sustituyera las huellas dactilares del presidente por las propias del doctor Pulansky. Otro programa que obtuvo atención inmediata y lo decodificó fue el que generaba la emisión de ondas electromagnéticas para localizar el Cyber.1 vía satélite por ASPN y que obligaba a cargar el maletín dentro del carrito que fungía como jaula de Faraday o en recámaras acondicionadas; el programa se llamaba como el descubridor de las ondas herzianas, Heinrich Rudolph Hertz, y estaba codificado como *hertz*.

No era fácil dar con el nombre de cada programa, y solo un hombre de una cultura tan amplia como la de Víktor Pulansky se acercaba poco a poco dando con cada uno. Así probaba con nombres de científicos, sabios, investigadores de todas las épocas; por ejemplo, el programa telemático virtual podía tener muchos padres, pero Boscovich lo bautizó con el de Marshall McLuhan, cuyas teorías sobre los mensajes y el medio influyó en tantos investigadores de la telemática, es decir *mcluhan*. Había programas para los fundadores de la mecánica cuántica: Plank, Einstein, Bohr, Heisenberg, Schröndinger, Pauli... para la computación cuántica: Feynman, Deutsch... los padres de la inteligencia artificial: McCarthy, Newell, Simon, Minsky... La cibernética: Wiener, Ashby...

Más adelante Víktor se dio cuenta de que entre los nombres escogidos —de la pléyade de sabios y hombres estudiosos que han colaborado en crear el inmenso conocimiento humano—, Boscovich le daba preferencia a los citados en sus monografías científicas, particularmente en la tesis de doctorado que Pulansky le había dirigido en el MIT, de la cual disponía de un ejemplar en la memoria de su computador personal; esto facilitó mucho la identificación de los programas que había en el Cyber.1. Conseguir cada uno era un fascinante juego para Víktor, pues le exigía memoria, cultura, inteligencia... "qué tremendo reto el que su pupilo le había creado... pero con qué fin: ¿Controlar a los hombres?"

"¡Moralmente inaceptable!", pensaba.

****

Si cada hombre tiene un fin en la vida, una filosofía de la vida, hasta aquel que no tiene ninguna tiene una filosofía, pues esa sería su filosofía, no tener ninguna; la de Víktor Pulansky Nesterosky era que la existencia tenía solo un sentido: jugar. Pues de eso se trataba todo: un juego cósmico que había que conocer y dominar; y el cerebro humano es el instrumento para hacerlo. Jugar para Víktor es escudriñar con la razón todo lo que sucede, la alteridad, como llamaba al acontecer del existir.

Todo lo que se le presentaba en la vida a Víktor era tomado como un reto; y el más grande hasta ahora era aquel artefacto llamado Cyber.1 que cayó en sus manos por azar. "¿Qué era? ¿Cómo lo construyeron? ¿Con qué propósito?". Se preguntaba el científico.

Ya sabía que era un computador cuántico de la más pura concepción cibernética: una máquina para la comunicación y el control. La más poderosa del mundo y cabía en un maletín. La construyeron con un diseño cuya teoría era única y de la propiedad total de Víktor Pulansky en el dominio de la nanotecnología; pero la que no creía que pudiera materializarse en un artefacto operativo, en por lo menos unos veinte años más, por ahí, para mitad del siglo XXI, y con inversiones que no estaban al alcance ni de varias transnacionales juntas; mucho menos para él. Así que no se había ocupado más de la programación de una máquina así, se contentaba con que sus especulaciones teóricas fueran publicadas en revistas internacionales de gran renombre y que lo invitaran a unas tres conferencias internacionales al año a comentar el asunto; prefería resolver problemas menores que sí pagaban las demás empresas por sus servicios y el de sus especialistas. Además, ya estaría viejo y retirado en menos de veinte años.

También había descubierto que en el complejo artefacto había un programa que construía imágenes virtuales como si fueran reales del desaparecido presidente de la RHL. Que además de actuar como si el Presidente estuviera vivo, parecía tener cierta independencia, cierta autonomía, cierta personalidad creada con técnicas de inteligencia artificial y, además, la máquina emitía ondas que un receptor modificado de TV, aparentemente común, no solo podía recibir sino también diseminarlas a su alrededor, induciendo cierto estado de narcolepsia o hipnosis entre quienes estuvieran cerca... y así podrían controlar las mentes de los televidentes y hacerlos actuar, posiblemente, en estados poshipnóticos según lo que desearan quienes programaran el Cyber.1.

****

Y partiendo de que el otro patrón en el diseño del *software* del Cyber.1 era codificar los *passwords* con los nombres de científicos por quienes Boscovich guardaba admiración y quiso rendir un homenaje personal con su *magnum opus*: los nombres de los programas en los *cybers* que eran a su vez las claves para correrlos en la máquina. Así que usando su computador personal, Víktor recuperó la tesis y otras publicaciones científicas en que había colaborado con su pupilo, hizo una lista de los autores citados, más de 400, y fue codificando, según lo que en su criterio era el orden de relevancia en las investigaciones mismas. Se encontraba en esta tarea, cuando se abrió en la pantalla del Cyber.1 una ventana con el siguiente mensaje:

—Doctor Víktor Pulansky Nesterosky, soy el doctor Roger Boscovich... sí... su alumno. Sé que usted está usando el Cyber.1, y que le llegó a sus manos por medio de dos zorras ladronas y un traidor a nuestra compañía que vende secretos de nuestra propiedad. Es necesario que tenga en cuenta que eso es un delito. El Cyber.1 es un equipo secreto fabricado por la ChERC para un gobierno latinoamericano. Es un secreto militar, y aunque no consideramos un juicio en alguna corte internacional para recuperarlo por el carácter "clasificado", "reservado" de sus componentes, le ofrecemos la oportunidad para que lo devuelva. Simplemente, lleguemos a un acuerdo en las coordenadas en alta mar donde un aeroplano anfibio de nuestra empresa lo recogerá.

Debemos advertirle que si el coronel O'Neill y las prostitutas se encuentran en su yate, deberá entregarlos, hay una recompensa de un millón de dólares por cada uno de ellos que se le pagará en efectivo en el mismo acto de la entrega. Sabemos que el coronel O'Neill está armado, así que un comando especial llegará en el avión... le sugerimos que no le advierta de su entrega hasta que hagamos contacto visual desde el aire.

Víktor no terminó de leer el mensaje, cuando se acercó a un micrófono que lo comunicaba con el capitán Gabin desde el bar.

—¡Escucha Dorian! No me preguntes nada, desconecta el contacto satelital y vuelve al rumbo manual, ¡pero ya! Detén los motores.

El yate aminoró la velocidad hasta detenerse en pocos minutos, cuando volvió a encenderse la pantalla.

—Veo que no ha entendido doctor Pulansky; esto no es uno de sus juegos académicos, pues estamos arriesgando nuestras vidas, la suya, la de toda la tripulación, la mía... ¡Negocie con nosotros! Vuelva a encender el contacto satelital, para que nos mantengamos en comunicación y poder hacer el intercambio del Cyber.1, los delincuentes que tiene a bordo, y el dinero que le entregaremos, que ahora son nueve millones de dólares, acabamos de triplicar la recompensa: ¡Tres millones de dólares por cada delincuente que nos entregue! Si no acepta, tenemos otros medios de persuasión. De hecho, ya estamos activando la carga de explosivos del maletín, la cual es operada por un programa que manejo desde el Cyber.3 y acabo de iniciar; si no acepta las condiciones que le ofrecemos, en 10 minutos volará en pedazos: usted, su hermoso yate Entropía y todo lo que carga a bordo.

Puedo abortar la explosión a voluntad, no va encontrar la clave en tan poco tiempo... claro puede lanzar el maletín al mar y alejarse por lo menos unos 100 metros. Estamos dispuestos a aceptar la pérdida del Cyber.1 que nos ha costado varios millardos de dólares... pero usted se vuelve enemigo personal de mis amigos rusos quienes no descansarán hasta cazarlo. Lo que le pasará a usted por no negociar no se lo deseo ni a mi peor enemigo, menos a mi profesor a quien tanto admiro; pero estas decisiones no me pertenecen... solo soy un vocero... un instrumento para un fin mayor.

Terminó el mensaje y fue sustituido por el número 10:00, que en un segundo cambió a 9:59, 9:58...

Víktor tomó el maletín como pudo, con ambos brazos, y gritó por el intercomunicador:

—Dorian, ¡suelta la lancha!

Y corrió hacia la popa. Cuando llegó al borde del yate, la lancha ya había sido arrojada en segundos por un mecanismo hidráulico. Jean Claude, el hijo del capitán Gabin que había acudido a la orden de soltar la lancha, apenas pudo desprender las amarras pues Víktor se lanzó sobre la pequeña embarcación con el maletín en los brazos, lo colocó en uno de los asientos y encendió el motor fuera de borda para alejarse a toda velocidad. A unos cien metros de distancia detuvo la lancha, tomó el maletín y lo abrió completamente, en la pantalla aparecía 7:44 y tecleó con apuro: *anobel,* por el inventor de la dinamita Alfred Bernhard Nobel, pensando que este podría ser el nombre del programa que controlaba los explosivos de autodestrucción del Cyber.1; pero la cuenta seguía 7:40... 7:39...

Entonces pulsó las teclas de nuevo, esta vez probó con la palabra Yahveh, el nombre hebreo de Dios, el responsable de la mayor explosión en la historia del Universo, la que dio origen al Cosmos, la del Big Bang... y ¡funcionó! Entró al programa y apareció en la pantalla en inglés *abort,* la tocó con su pulgar derecho extendido y de inmediato se detuvo la cuenta regresiva. Luego, con más calma, como lo había hecho con otros programas que no quería que volvieran a funcionar, bloqueó el mecanismo que detonaba el maletín con una clave propia que había desarrollado como invulnerable: después de todo, él había inventado el programa cuántico con que estaba programado el Cyber.1, y quizás por falta de tiempo Boscovich no había creado uno propio; si alguien conocía ese lenguaje era él, si alguien podía demandar a los constructores de los *cybers* era él. Quizás lo haría... pero se dio cuenta de que desde un principio la Mafia Rusa lo tenía en la mira, desde el mismo momento en que sin su conocimiento diseñaron y construyeron unos artefactos electrónicos cibernanotecnológicos tomando sus ideas como fundamentos. Como lo hacían con otros inventos, innovaciones y descubrimientos científicos y tecnológicos en todo el mundo.

En la pantalla le escribía Roger Boscovich:

—Pura suerte, mi querido profesor. Todavía está a tiempo de retornarnos el Cyber.1 y entregar a los bandidos que protege; si no lo hace, aténgase a las consecuencias, puede perder todo lo que ha logrado con tanto esfuerzo en su vida: sus negocios, su empresa, su villa, su yate Entropía; y lo más valioso de todo: su propia vida. Reflexione Dr. Pulansky... está a tiempo todavía.

Esta vez, Pulansky le contestó:

—¡Escucha Roger Boscovich!, el bandido eres tú, que te has robado mis ideas... ni siquiera has podido crear un lenguaje cuántico propio para los *cybers*; tuviste que hurtar el mío. Eres un simple ratero y yo que alabé alguna vez tu desempeño como alumno. Entiende que yo te enseñé todo lo que tú sabes, no todo lo que yo sé. ¡Jamás entregaré a mis amigos! El que está a tiempo de parar cualquier crimen que sospecho están tramando contra la humanidad, eres tú; si no lo haces, te aseguro que te detendré.

No tuvo respuesta.

Aceleró el motor y volvió al yate. Dorian y el oficial le ayudaron abordar el Entropía por la popa y asegurar la lancha en el casco. Sus huéspedes, desde el puesto de observación a donde habían subido para saber qué pasaba desde el momento en que se detuvo el yate y sintieron la lancha alejarse a toda velocidad con solo Víktor a bordo, lo miraban intrigados; Víktor les hizo señas que los quería adentro, en el bar. Allí, después de servirse un escocés Black Label para detener la agitación que todavía lo embargaba, les contó lo que había pasado.

—¡Fuío!, estuve a punto de volar por los aires. Gracias a Jehová, literalmente hablando, me salvé— Pulansky dijo esto sin poder ocultar la satisfacción de haberle ganado esta primera partida a la Mafia Rusa y a quien, al parecer, era su científico principal. Más aún, ya no corremos peligro —les aseguró—, pues el programa bloqueador que acabo de ingresarle al Cyber.1, para que Boscovich no intente de nuevo volver a activar los explosivos, aunque solo funciona para limitadas secuencias de códigos, tiene prioridad de ejecución sobre cualquier otro programa que busque borrarlo o contaminarlo con un virus.

Esta idea la usaría para dominar a todos los *cybers* posteriormente, aumentando la capacidad del programa a todo el computador cuántico que conforman todos los *cybers* hechos o por hacer con la memoria original con que se construyeron los primeros *cybers,* gracias al principio del enramado cuántico. Estas ideas eran tan nuevas que no las había publicado todavía y nadie las conocía; seguramente, ni Boscovich ni sus ingenieros.

Víktor Pulansky sentía que su vida había cambiado radicalmente, igual que la de todos los que estaban allí, porque declararon una guerra contra un enemigo superior; al que no podían hacerle frente directamente, solo podrían vencerlo con mayor astucia y con ingenio.

El primer paso que deberían dar, era cambiar de destino y ocultarse hasta saber contra quiénes y contra qué exactamente se batían en guerra; el segundo, proteger a sus empleados. Afortunadamente, él ya se había adelantado en este último sentido, sin saber que le sería tan útil ahora esa previsión; pues aunque solo tenía 50 años de edad, ya no creía que pudiera aportar cosas nuevas a la ciencia, y no estaba en sus sueños el ser más rico de lo que hasta ahora era. Desde hacía tiempo sus abogados tenían preparados poderes y otros papeles necesarios que los autorizaban a vender sus propiedades, particularmente las empresas a sus propios empleados de manera muy generosa y colocar el dinero en una cuenta numerada del Banco de Depósitos de Zurich, que lo mantendrían navegando por el mundo sin trabajar.

Era el momento de dar la orden... Por ahora, solo conservaría su villa en Meyrin. No había allí nada que les interesara a sus enemigos... Parecía extraño eso de hablar de enemigos, pensó Víktor Pulansky, hasta ahora en toda su vida jamás creyó tener alguno o que algún día los tendría. Su vida académica había sido tranquila y pacífica. Pero de pronto, sin buscarlo, se había hecho de unos enemigos poderosos, implacables, sin escrúpulos ni principios que los detuvieran y en extremo desalmados; sin límite alguno a la hora de conseguir sus fines. Pero ya no podrían arruinarlo... de nuevo se les adelantaba. ¿Cómo llegó Roger Boscovich, un alumno brillante en el MIT, pero tímido y de personalidad muy compleja, a ser parte de lo que a todas luces era un complot internacional en que él y sus amigos se volvieron obstáculos que deberían ser eliminados?

Buscando la respuesta a esta pregunta su memoria lo regresó al MIT cuando conoció al estudiante serbocroata Roger Boscovich.

LIBRO

SEGUNDO

1 MIT

Muy gratos recuerdos le traen a Víktor Pulansky Nesterovsky sus días de juventud en el Instituto Tecnológico de Massachussets, mejor conocido mundialmente por la sigla *MIT*, tomada del nombre en inglés de esta institución (*Massachusetts Institute of Technology*). No solo porque podía participar en investigaciones de frontera, sino también porque allí se enamoró, por primera y única vez en su vida... en el particular modo de lo que él consideraba enamorarse: otro juego del vivir.

Tanto su mejor amigo, Pedro Gallardo Infante, como él habían sido beneficiados con sendas becas del MIT para continuar sus posgrados en aquella afamada institución con sede en Boston; dentro de un convenio con el Instituto Tecnológico de Monterrey, donde ambos habían coronado sus estudios de pregrado con los honores de *summa cum laude*.

El *MIT* es una de las más prestigiosas universidades del mundo en ciencia e ingeniería; y quizás, también, una de las primeras en ofrecer programas científico-humanísticos integrados con carácter transdisciplinario, como el doctorado en telemática que unía la ingeniería de la informática y las telecomunicaciones con el periodismo, y en el que había sido aceptado Pedro; mientras que Víktor seguiría lo más tradicional en ingeniería electrónica para el dominio de la computación.

Los muchachos apenas habían cumplido los diecisiete años cuando arribaron a Cambridge, el condado de Boston donde tiene su sede el *MIT*, en el otoño del año 1997.

Ambos se encontraron con las dos revoluciones científico-tecnológicas que determinarían la evolución sociocultural de la humanidad en todo el siglo XXI: la red mundial de comunicación o Internet y la nanotecnología o tecnología a muy pequeña escala, basada en la física cuántica como era el caso de la llamada computación cuántica. Ambos se hicieron especialistas en los fundamentos científicos, el desarrollo tecnológico y el impacto sociocultural en sus respectivas especialidades. Pedro, en todos los aspectos del periodismo telemático por la red y sus múltiples comunicaciones; Víktor, en el diseño y construcción de artefactos nanotecnológicos en el laboratorio más antiguo y famoso del *MIT*: el *Electronic Research Lab* o simplemente *ERL*.

Pero mientras Víktor era un estudiante con dedicación exclusiva, empeñado en alcanzar la frontera de los estudios que había escogido con la intención de contribuir a la solución de los grandes problemas que se le presentaban entonces a la nanotecnología, tanto dificultades teóricas como prácticas, particularmente en la computación cuántica; Pedro buscaba hacerse de una experiencia más integral de la vida en Estados Unidos y su cultura, de manera que socialmente era mucho más activo que Víktor y, por supuesto, con mayor experiencia en conquistar a las gringas que lo veían como paradigma del *latin lover*.

En cuatro años, a ambos les fue otorgado el Ph. D. con tesis sobresaliente; y antes de recibir su título Víktor había sido reclutado por una empresa usuaria del C.E.R.N. en la frontera de Francia con Suiza; mientras que Pedro iniciaba su carrera en la *Red Mundial de Televisión* (*RMT*) con presencia en todas partes del mundo; primero, en el hispanohablante, después a cualquier parte del globo al que el multifacético periodista viajaba con premura detrás de la noticia; y a quien lo caracterizaba un coraje rayano en la irresponsabilidad, pues en más de una ocasión arriesgó la vida por una primicia.

La tesis del doctorado de Víktor era una investigación teórica, pero en la tradición del *MIT* debería tener una aplicación en ingeniería de tipo práctico, ya que lo auspiciaba el *ERL*.

Víktor investigaba en computación cuántica, en que el bloque constructor de la máquina es el llamado *qubit (quantum bit)* o bit cuántico en escala subatómica. En los *qubits*, el registro no solo toma uno de dos valores en dos posibles estados de una partícula atómica o subatómica, como en el computador clásico de 0 y 1 en chips, sino que también puede estar en un estado coherente superpuesto de 0 y 1 a la vez.

Pero ese estado es muy frágil y colapsa en 0 o 1, por cualquier contacto con el mundo externo el procesamiento cuántico y el procesador cuántico pasan a comportarse como un computador corriente perdiendo su poder; a eso los expertos lo llaman "decoherencia" cuántica. Para principios del siglo XXI, se pensaba que la computación cuántica podría realizarse por varios caminos empleando gases o rayos láser que requerían cámaras al vacío y temperaturas cercanas al cero absoluto; por esta última vía, algunos investigadores en el *MIT* perseguían construir un registro informático cuántico de tres posiciones o *qubits*. Víktor buscaba un método más general, por una teoría que fundamentara de manera más amplia estos esfuerzos, para los que debía hacer experimen- tos que modelaran sus opciones expresadas en ecuaciones matemáticas. Víktor era muy bueno para la matemática; pero no tanto para hacer realidad lo que las ecuaciones le decían. Por lo que se rodeaba de ingenieros hábiles que ten- dieran el puente entre sus teorías y los productos operacio- nales, prácticos, reales.

Víktor ya se había fijado como objetivo en la vida, no solo ser un investigador, sino también un hombre exitoso en los negocios, y se proponía algún día montar una empresa concebida de la misma manera que trabajó en su tesis: él ingeniaría las ideas innovadoras y otros las convertirían en productos industriales. Víktor avizoraba una industria nanotecnológica que llevaría la computación cuántica a una nueva revolución industrial.

Una de las primeras personas que ayudó a Víktor a programar de manera práctica los resultados de la teoría que desarrollaba, para controlar la "decoherencia" en grandes memorias de computadores cuánticos, fue una de sus alumnas: Debra Pidgeon.

Debra Pidgeon, nacida en el mismo Boston, sede del *MIT,* menor solo dos años que Víktor, y alumna del doctorado en electrónica, era una mujer promedio en todo: estatura, peso, físico, *sex appeal*, creencias, costumbres... menos en dos cosas no era igual al común: en su bellísima y larga cabellera pelirroja y en su inteligencia. Debra refutaba con su persona el juicio misógino de Schopenhauer: "La mujer es un animal de ideas cortas y cabellera larga". En ella, ambas eran "largas" y llamaban de manera singular la atención. La inteligencia de Debra era una de las más altas que arrojan los distintos test de inteligencia que tomó en sus años juveniles; su IQ estaba muy por encima del 98% de la población promedio que exige la organización mundial *Mensa* para aceptar a sus miembros; su superioridad intelectual se le conocía desde la niñez. Para cualquier estándar podría considerarse superdotada. Su mayor placer era resolver e inventar problemas en criptografía: es decir, cifrar mensajes inventando una clave y esperar que el destinatario descifrara el criptograma sin clave, por métodos de criptoanálisis que exigían gran ingenio matemático y cuya solución requería de una perspicacia especial.

A Debra le encantaba probar la agudeza analítica de los miembros de Mensa. También solía hacerlo con Víktor, quien usualmente salía airoso en un tiempo igual o menor que el que calculaba Debra debería emplear una persona superiormente dotada para resolverlos. Desde que Víktor la conoció quedó prendado de la singular inteligencia de Debra y la contrató para que programara de manera práctica los procedimientos matemáticos que él diseñaba, basándose en sus propias teorías, por si algún día lograran construirlos. Es decir, con el trabajo de Debra las teorías de Víktor se simulaban como posiblemente verdaderas, pues no encontraban casos que las refutaran. De la admiración por su intelecto, Víktor pasó al embeleso por toda la persona de Debra.

Un día, inesperadamente, y mientras trabajaban en el edificio 20 del *campus* del *MIT* donde funcionaba el *ERL*, Víktor metió la mano en el bolsillo de su chaqueta y extrajo un estuche forrado en terciopelo negro, lo abrió y se lo acercó a Debra, tocándole con el estuche los dedos de la mano derecha.

Debra miró el estuche, dentro brillaba un anillo de mujer con un diamante que destellaba.

—¿Qué es esto? —preguntó la alumna desconcertada.

—Debra, ¿te quieres casar conmigo? —le preguntó Víktor con voz temblorosa.

—Víktor, ¿es esto un chiste?

—No, de ninguna manera —contestó Víktor bastante nervioso. Creo que me he estado enamorando de ti, y aunque quizás no lo estés de mí, si nos casáramos, estoy seguro de que sabré conquistar tu corazón... a menos que ames a otra persona...

—Víktor... no sé qué decir. Es en serio, entonces. No sé... —titubeó Debra, con una sonrisa de agrado. ¡Jamás me imaginé esto! Nunca me has manifestado otro interés que la amistad y nuestro trabajo.

—Escucha —la interrumpió el científico—. No tienes que contestarme ahora. Pero ¿hay alguna otra persona en tu vida?

—Nadie, Víktor, parece ser que ahuyento a los pretendientes; ninguno de los que creo haberles despertado algún interés, ni siquiera me ha insinuado algo, y ya tengo veinticinco años. Sé que no soy muy agraciada en lo físico —añadió con humildad—. Pero creo tener otras virtudes y estoy dispuesta a ser una buena esposa; solo Víktor que no está en mis planes por ahora la vida matrimonial. Quiero dedicar todo mi tiempo y energía a mi carrera.

—Por supuesto —la animó Víktor—. Conmigo tienes

asegurado todo eso. Después que termine el doctorado buscaré que te incluyan en la nómina de la compañía para la que he sido contratado. Podríamos ser un gran equipo, en lo profesional y en lo familiar. Estoy seguro de que tendremos hijos inteligentes y sanos; y yo tengo planes para crear en algunos años mi propia empresa, serías una socia estupenda.

Debra miró a Víktor a los ojos, y tomándole con sus dos manos la derecha abierta de él, con la que sostenía en ofrenda el cofrecito, la cerró con ternura y le dijo:

—Víktor, si tu interés es auténtico, me darás el tiempo que necesito —le susurró con simpatía, pero sin alguna chispa de amor erótico.

El muchacho entendió, cerró la mano y guardó el anillo dentro del estuche en uno de los bolsillos de la chaqueta.

—El tiempo que tú quieras —concedió el pretendiente. Nunca pensó en ese momento que veinte años después el anillo seguiría en su poder... y la promesa viva.

Para aliviar la tensión Debra le comentó:

—Conoces una anécdota de George Bernard Shaw, según la cual una hermosa actriz de teatro, que había sido contratada para protagonizar una obra del dramaturgo, muy admirado por su brillantez y famosas ironías, le preguntó el porqué no se casaba con ella, así tendría hijos tan inteligentes como él y bellos como ella; a lo que Shaw le contestó, que no, porque podrían ser lo contrario: heredar la belleza de él (muy poco agraciado en lo físico) y la inteligencia de ella.

Ambos rieron, aunque Víktor lo hizo con desgano, y se fueron tomados de la mano a una de las cafeterías del campus.

Desde entonces, después de aquella declaración de amor, Debra fue la inveterada investigadora en los proyectos de Pulansky, primero como colaboradora con desarrollos en el CERN; luego en su propia empresa Cynateci Y por supuesto, era invitada especial a cualquier evento que Víktor festejara en su mansión, científicos o sociales, en la que se hospedaba.

Víktor intentó algunas veces recordarle que su oferta

de matrimonio estaba en pie; y la chica se salía por la tangente... pero no le vedaba totalmente las esperanzas. Más aún, ambos perdieron sus virginidades mutuamente como amigos con beneficios y quizás hasta como amantes circunstanciales

Fue por ella que el doctor Pulansky dirigió la tesis de post doctoral en el *MIT* de Roger Boscovich. Ambos tutor y alumno de la misma edad.

El asunto sucedió así:

A principios del verano de 2010, Víktor viajó de Francia a los Estados Unidos, concretamente a Boston, donde le esperaba Debra para presentarle el currículo de un grupo de brillantes ingenieros con Ph. D. que él pudiera reclutar para la empresa que estaba fundando en Ginebra. Después que repasó la lista, entrevistó a cada uno y seleccionó a tres de ellos, dos chicos y una chica. Debra le dijo:

—Hay otra persona, un joven que considero muy capaz, aunque muy extraño, que quiere que le dirijas la tesis de post doctorado, y le pasó un *dossier*. Tiene un fuerte apoyo económico de una empresa que le paga estas investigaciones.

Víktor lo leyó con cuidado y se encontró con una propuesta de probar sus ecuaciones en dispositivos de estado sólido, como el silicio o el carbono-13 (diamante), en lugar de los que se usaban en el MIT para construir computadores cuánticos de gases o rayos láser que requerían cámaras al vacío y temperaturas cercanas al cero absoluto; para construir así artefactos nanotecnológicos que funcionaran a temperatura ambiente, fueran transportables, pero sobre todo pudieran contener hasta 1000 *qubits*. La propuesta consistía en ensayar con nuevas aleaciones de materiales empleando algún acelerador de partículas, como el del CERN en Suiza o el Fermilab, en los Estados Unidos. El costo estimado del uso de estos laboratorios alcanzaba los 50 millones de dólares, pero el muchacho contaba con el respaldo de una empresa rusa que lo había becado, la ChERC. La donación se le haría al *ERL* del *MIT* y a cambio la empresa esperaba tener derechos compartidos en las patentes de los productos que se crearan.

—Conozco a este Roger Boscovich. Es un fanático na-cionalista que aunque nació en Croacia, que es hoy inde-pendiente, casi quiere de vuelta la Yugoslavia de Tito; para él todos los males del mundo se le deben a los Estados Unidos: desde el narcotráfico hasta el sida; desde el recalentamiento global hasta las hambrunas africanas... Fue uno de mis alumnos en el pregrado, cuando yo todavía no me había recibido de doctor. Asistió varias veces a mis tertulias con muchachos inteligentes y estudiantes destacados... la impresión que nos dio a todos es que parecía que todavía esperaba que le confirmaran la caída del muro de Berlín... No me gustan los fanáticos; creo que es lo peor de la Tierra, pero aceptaré dirigirle la tesis postdoctoral... en los estudios es muy capaz, inteligente y ordenado. Dos personalidades distintas, entre el ingeniero y el político. Bien, hagámosle una cita. Aceptaré, tengo una inmensa curiosidad por esta posibilidad de la *nanolitografía* o como se le conoce en ingeniería *nanoelectromechanical systems* o NEMS que propone para construir computadores cuánticos en estado sólido.

2 ARMA HUMANA DE VENGANZA

Un helicóptero ruso MI-9/21, uno de los más grandes del mundo, con capacidad de transportar, además de la tripulación de piloto, copiloto y navegador, a 80 soldados, pero esta vez con un comando de solo 15 hombres, aterriza en las cercanías de Dubrovnik, el puerto croata sitiado por los serbios, después de un largo viaje desde Lviv en Ucrania, provincia independiente de la recién balcanizada de la Unión Soviética. En el aparato viaja un grupo comando del Spetsnaz o unidad de operaciones especiales de la KGB, al mando del coronel Nikolái Ilich Borodin. Transcurre el verano de 1991 y la temperatura es cálida; la patrulla viste el nuevo uniforme ruso ligero de camuflaje de varios tonos de verde oliva, franjas grises y azules con charreteras púrpuras y estrellas rojas en los hombros y cuello, y casco militar... imposible no identificarla.

Serbia formó parte con Croacia y Eslovenia de la ex-Yugoslavia fundada en 1919, junto con etnias menores. Pese a diferencias étnicas y roces violentos, los pueblos yugoslavos permanecieron unidos hasta 1941, cuando la Alemania nazi los ocupó y dividió. La primera resistencia contra la invasión nazi en Serbia la hizo un croata comunista, Josip Broz, conocido como "Tito", quien logró conducir exitosamente una guerra de liberación de todos los pueblos de Yugoslavia y refundar esta como República Federativa Socialista de Yugoslavia (RFSY). En 1948, Tito se alzó contra la hegemonía de Stalin, adoptó una posición neutralista entre Oriente y Occidente —en pugna durante la Guerra Fría—, y en los años siguientes creó un modelo socialista más liberal, humano y descentralizado que el soviético; al mismo tiempo formó el grupo de países no alineados con pueblos de África, Asia y Latinoamérica.

Después de la muerte de Tito en 1980, la unidad yugoslava comenzó a resquebrajarse. En 1991, el Occidente con Alemania, Austria y particularmente Estados Unidos a la cabeza alentaron a Croacia y a Eslovenia a independizarse; otras etnias siguieron sus ejemplos. El espacio yugoslavo quedó penetrado y dominado por la Organización del Tratado del Atlántico Norte (OTAN). Se sucedieron guerras y atrocidades.

Serbia, que resistía este proceso y además abrigaba simpatías pro rusas, usó la fuerza del antiguo ejército yugoeslavo contra Croacia y sus aliados secesionistas. Para hacer contacto con un grupo de inteligencia ruso infiltrado en Dubrovnik, el grupo de los Urales había comisionado al coronel Borodin, quien ya era un reconocido jefe de la Mafia Rusa. En este viaje se buscaba rescatar a un miembro del grupo sobreviviente del proyecto hegemónico mundial de la Unión Soviética que luego se denominaría el Comité, y con quien se había perdido el contacto.

—Parece que quemaron toda la granja, la casa está en ruinas, hay fuego todavía del bombardeo, oteo muchos cuerpos de hombres, mujeres y niños apachurrados —decía el teniente Kiriloff, mientras movía en ronda los binoculares militares. De pronto el silbido de un disparo le pasó cerca de la cabeza.

—¡Al suelo! ¡Cúbranse! ¡Nos disparan! —gritó arrojándose a tierra. Borodin ya lo había hecho y el otro teniente también. Tres disparos al parecer al azar cruzaron sobre las cabezas de la patrulla, sin dar en blanco alguno.

—¡No contesten el fuego! —ordenó Borodin—. Creo que es un muchacho, desde aquí veo su sombra, no parece poder sostener el arma con precisión ni creo que sepa lo que hace. ¡Dispérsense! Lo atraparé por detrás, daré la vuelta —ordenó Borodin, mientras los demás se separaban sobre el terreno. Se escucharon otros disparos… al rato se oyó la voz de Borodin en ruso.

—¡Lo tengo! —les gritó; mientras se asomaba por una de las ruinas con un muchacho pataleando que dominaba con solo un brazo y en el otro sostenía el fusil que le acababa de quitar.

Los demás se le unieron.

—¿Quién eres? —le preguntó Borodin en croata al muchacho, mientras lo soltaba.

Con los ojos verdes fuera de las órbitas, pantalones marrones cortos y camisa raída del mismo color, el muchacho no mayor de once años, gemía asustado. De pronto, se levantó y corrió para tirársele encima al cadáver en descomposición de una mujer gorda y le gritaba llorando, en lo que se oía como "majka"… "majka"… "majka"…

Comprendiendo la tragedia que vivía el jovencito, Borodin lo alzó de nuevo y le dio protección entre sus brazos, y les dijo a los demás soldados.

—Regresemos a Ucrania, aquí no hay nada qué hacer. Y se llevó al muchacho con ellos, quien se dejaba conducir y ya no lloraba.

****

De regreso a los Urales, Borodin decidió adoptar aquel huérfano de guerra. Puesto que no decía palabra ni sabía su nombre lo bautizó según los ritos de la iglesia ortodoxa rusa como Roger Boscovich.

—Te puse el nombre del personaje Roger Boscovich o Ruder Boškovic, tu coterráneo, para que sea un ejemplo para ti —le dijo en una oportunidad, cuando el muchacho lo pudo entender y se aprestaba a iniciar sus estudios universitarios—. Fue un jesuita croata nacionalista, a la vez poeta y consejero arquitectónico de los papas, diplomático cosmopolita y hombre de negocios, mundano y teólogo, confidente de los gobiernos y miembro de la Royal Society, pero sobre todo matemático y científico. Boscovich fue un newtoniano apasionado, el primero en imaginar una "teoría del todo" que se publicó en Viena en 1758, con el título de *Teoría Philosophiæ Naturalis* cuya influencia fue profunda en científicos tan destacados como Faraday, Maxwell y Kelvin...

En lo único que hizo honor aquel croata al nombre y apellido que le dieron, fue en su origen; pero en lo demás, el pluralismo y pensamiento cosmopolita del original fue reemplazado por todo lo contrario: un dogmatismo ideológico cerril.

Con los años, y bajo la tutela de Borodin y sus empresas, el joven Roger Boscovich se convertiría en el arma de venganza del Comité. Para ello se le formó y envió a estudiar a los Estados Unidos de América... el país con el gobierno responsable del asesinato de su "majka", según le hizo creer Borodin. Aunque los rusos apoyaron el ataque a Dubrovnik y los yanquis, su independencia, sucede que encontrar un enemigo concreto a quien odiar es parte, muchas veces irracional, de la naturaleza humana.

realidad en menos de dos décadas y con intenciones terroristas. Estaba impaciente por verlo.

El capitán Gabin los esperaba en la marina; con la lancha lista para llevarlos al Entropía, anclado en medio de cientos de otros yates en la bahía. No era fácil localizarlo, pero Dorian había dejado una pequeña luz roja que en lo alto del mirador hacía señales intermitentes.

En el comedor los esperaban los otros pasajeros listos para el *lunch* ligero que había preparado Thérèse. El ambiente era cálido y Debra estaba encantada. Desde el primer momento encontró de su agrado aquel grupo de dos hombres y dos mujeres que al parecer vivían la aventura y el romance de sus vidas en un mismo momento: un grupo despierto, amplio, exultante, con amor a la vida y a la aventura. Si, además, le agregas a estas circunstancias el ambiente exótico de la isla, la variedad de la gama de colores en las plantas y las aves, el brillo argentino de las olas, la claridad del azul del cielo, y el embriagante olor de las flores y árboles frutales, la humedad del agua salada en el aire... ¡Qué año sabático le esperaba! Después de todo lo había justificado con una investigación en el CERN para la que Víktor la contrató... aunque esto era infinitamente más excitante. Bueno, estaba a la orden de Víktor...

En los días que siguieron, ni Debra ni Víktor dejaron de manipular el Cyber.1, a sabiendas de que todas las operaciones que hacían estaban siendo encadenadas y vigiladas usando cada *cyber* como monitor de los otros *cybers*. Más aún, se dieron cuenta de que la memoria de *qubits* se había duplicado y que ya el Cyber.1B, como lo llamaban, había entrado en operación: algo mayúsculo estaba por suceder.

En una reunión nocturna en el bar del Entropía, con el resto de los pasajeros, sin la presencia de la tripulación, Debra se dirigió a sus nuevos amigos en francés, pues era la lengua común de todos los presentes:

—Tal como les dijo Víktor, les corroboro que estamos en presencia de uno de los artefactos cibernéticos más avanzados del planeta: una máquina que parece ciencia ficción, un computador para el control mental, entre otras cosas, capaz de dominar multitudes y comunicarse con una red que pudiera abarcar el dominio de millones de personas. En este caso, lo hace con la imagen de un presidente virtual, un presidente cibernético: un Ciberpresidente —hizo una pausa para continuar—. Algo que Víktor todavía no había explorado en esta máquina y a lo que he dedicado estos días, es a su capacidad para romper códigos cifrados, encriptados, y perdonen el barbarismo, pero mi francés no es muy fluido.

La finalidad de la criptografía que seguramente ustedes conocen, es, en primer lugar, garantizar el secreto en la comunicación entre dos entidades (personas, organizaciones, etc.) y, en segundo lugar, asegurar que la información que se envía es auténtica en un doble sentido: que el remitente sea realmente quien dice ser y que el contenido del mensaje enviado, habitualmente denominado criptograma, no haya sido modificado durante su tránsito. Es decir, organizar información oculta como son los mensajes clasificados de gobiernos, fuerzas armadas, corporaciones... Creo que esta máquina que ustedes ven aquí, el llamado Cyber.1, por su naturaleza de computación cuántica, que como me advirtió Víktor ya les había explicado de qué se trata, tiene la capacidad de penetrar en cualquier sistema telemático mundial; por complejo que sean sus criptogramas, si entra al canal en un cable de fibras o frecuencia de ondas, de comunicación por microondas u ondas electromagnéticas o cualquier otro medio.

Valga decir, descifrar los *passwords* de cadenas de bancos, inversionistas, compañías de seguros, redes militares, organizaciones secretas, agencias como la CIA... todo lo que anda por el ciberespacio en cualquier frecuencia pública, privada o secreta... . Algunos de los programas en criptografía para romper claves o descifrar criptogramas sin tener la clave que contiene el Cyber.1, y los otros *cybers* seguramente, los elaboré yo misma, para una empresa que me contrató para programar en el lenguaje que Víktor había diseñado algunos computadores cuánticos, sin especificar sus fines: el sistema operativo (el que controla la operación de toda la máquina) lo conozco bien y Víktor lo domina, después de todo es su autor. Dicho lenguaje solo lo manejamos, hasta donde yo sé, tres personas en todo el planeta: Víktor, quien lo inventó; Roger Boscovich, un ingeniero que hizo su tesis sobre este tema bajo la dirección de Víktor, quien creemos es el genio técnico de la conspiración; y, claro, yo misma: es una casualidad increíble que el azar nos haya reunido a los tres en medio de este complot de escala mundial que hemos descubierto o estamos descubriendo.

Seguramente, quienes conspiran usan otros lenguajes más fáciles de entender para comunicarse entre ellos, quizás pictórico, quizás por audio, para "encifrar" en el medio de comunicación o canal, el mensaje que los *cybers* descifrarían. Quizás centenares de programadores en el mundo entero trabajaron sin saberlo en programar estas máquinas, como hice yo sin pensar que podía ser construida en tan poco tiempo; empleando medios gráficos como lenguajes de programación, para los demás programas de los *cybers*: expertos en centenares de especialidades. Debe haber costado algunos millardos de dólares cancelar todos esos honorarios.

Creo que si hay algunos conspiradores, entre ellos no se comunican en el lenguaje inventado por Víktor... es demasiado técnico; hasta el mismo nombre es muy técnico, muy largo, pero yo lo llamo "pulanskese" —dijo Debra con una sonrisa pícara que solo Simonne no entendió. En eso, Francis la interrumpió:

—Precisamente, es lo que he intentado encontrar en Internet. Ellos se comunican por un portal y las páginas que aparecen en algo como un grupo de ornitólogos, se la alimentan al *cyber* ese, y les da la traducción de lo que quieren decirse.

Víktor tomó la palabra.

—Parece que no lo volvieron hacer. Seguramente, porque todo lo que se comuniquen entre sí quedaría traducido y memorizado en el Cyber.1 bajo nuestro poder, por el efecto de *entanglement*. Sin embargo, ya sabemos bastante con lo que hemos escudriñado en el Cyber.1.

—Posiblemente, ya tengan ensamblado los tres *cybers*, a cualquier distancia que esté uno del otro es como si fuera uno solo y no necesiten comunicarse más por Internet y lo están haciendo directamente por teléfonos móviles; si como sospecho ya controlan o están por controlar la mente de los habitantes de la RHL, ya nadie les impide lo que quieran hacer en ese país —añadió Pedro—. Ni siquiera necesitan de la organización de un estado policial, pues la mente controlada, la conciencia esclava por control mental, es la más eficiente de las policías. La única manera de conocer la situación es visitando la RHL. Yo podría viajar allí, tomando un vuelo que solo durará un par de horas.

—Pero tú eres muy conocido, y te apresarán aunque no tengas ninguna causa pendiente y quizás no volvamos a saber de ti —le advirtió Desirée, con cierta tribulación.

—No sería la primera vez que paso irreconocible por una aduana; además, allí están mis amigos de la resistencia... particularmente Adelmo Barrios.

****

Más tarde, después de descansar un rato en cubierta conversando sobre lo descubierto, con la pulsión de escudriñar el aparato cibernético por excelencia de nuevo, Víktor y Debra regresaron al bar en cuya mesa de juegos los esperaba el Cyber.1.

—Víktor, creo sospechar para qué usarán estos artefactos, estos *cybers* —dijo Debra con cara de circunstancias, mirando fijamente a su pretendiente y amigo.

—¿Si? —preguntó Víktor con inmenso interés.

—Bien, tú sabes que mi *hobby* favorito es la criptografía. Tú mismo has sido víctima de mis pasatiempos, recuerdas los mensajes cifrados que te enviaba con algunas ayudas para orientarte y aunque siempre salías airoso no mostrabas entusiasmo... quizás te fastidié un poco planteándote esos enigmas que te distraían de tus ocupaciones habituales y más serias. Bueno, *Mensa* tiene varios de mis códigos encriptados o cifrados que nadie ha roto todavía, y que me han dado cierta fama entre criptógrafos. En ciertas oportunidades, gracias a esa fama, algunos bancos y agencias de Estados Unidos me contrataron para crear códigos cifrados en sus sistemas. Así que de *hobby*, la criptografía pasó a ser para mí una especialidad dentro de mi carrera de matemática, ingeniera y científica de la computación que me reporta jugosos ingresos adicionales a mi sueldo de profesora del MIT.

—Sigue —dijo Víktor encendiendo su pipa en un gesto mecánico, pero sin dejar de prestarle total atención a lo que decía Debra.

—Bueno, hice un estudio de todos los posibles algoritmos, sistemas de encriptación y protocolos que usan para guardar el secreto de sus *passwords* y mensajes en claves las empresas americanas de todo tipo, además del gobierno estadounidense, sus Fuerzas Armadas, sus agencias secretas, la NASA, en fin todo el sistema globalizado de comunicación bajo la égida yanqui: el resultado es que casi todos usan los mismos métodos.

Ahora, es cierto que según sea el tamaño del código, la complejidad aumenta a tal grado que pueden tardarse millones de años en descifrar un criptograma o mensaje sin ayuda de la clave; si el tamaño del mensaje o del criptograma no es muy largo, por ejemplo cinco dígitos, puede llevarle una hora a un criptógrafo que conozca los métodos usuales, con una calculadora manual. Si en lugar de cinco dígitos pasamos a treinta, entonces le tomará —a un computador grande— más de un billón de bits de memoria y algunas semanas de cálculo conseguir la clave. Si extrapolamos a los supercomputadores actuales, el tiempo que les llevaría romper un código cifrado, digamos de 1000 dígitos, equivaldría a la edad actual del Universo: unos 13 500 millones de años.

El caso, es que la mayoría de los códigos cifrados de las instituciones que te he mencionado, andan por los 310 dígitos; lo que no podría descifrarse sin la clave en varios años con el potencial de los computadores más poderosos en el mercado actual. Bastará con cambiar las claves con frecuencia para que los sistemas estén suficientemente protegidos; y, entonces, banqueros, generales y políticos puedan dormir tranquilos. Por eso las organizaciones que manejan información oculta se sienten seguras con claves tan largas... claro, en computadores clásicos. Pero... no es el caso si usamos un computador cuántico.

La superposición de estados reduce el tiempo y la capacidad a unas horas y a unos miles de *qubits*. Lo que esto nos dice es que en unos pocos días cualquier criptograma es descifrado por fuerza bruta, aunque tenga que probar con billones de casos; pues todos los billones de casos en un computador cuántico puede ser un solo paso en que simultáneamente por superposición se evalúan todos los casos de una sola vez; cuando en los clásicos billones de pasos y por lo tanto, aun con velocidades en millones de millones de operaciones por segundo, significan meses y quizás años de trabajo.

Y esto, mi querido Víktor, le permite a los *cybers* violar cualquier sistema actual, fisgonear en los archivos más secretos de gobiernos e instituciones, cambiar sus registros o llenar de basura como virus los archivos digitales de todas las organizaciones americanas, si se cuenta con las instalaciones en telecomunicaciones y las frecuencias apropiadas.

— ¡*Merde*! —exclamó Víktor—. Si esto es así, inutilizarán todas las sociedades de la Tierra; no solo la norteamericana, pues todas las instituciones serían infiltradas por intercomunicación global entre ellas. Y si llenan las redes informáticas —el ciberespacio, Internet— de basura, paralizarán la Tierra... sus instituciones —casi gritó el científico, imaginando la debacle mundial—. Y especuló meditativo, en silencio, mientras digería lo que acaba de oír—: Nadie haría efectivo un cheque, transferiría dinero, se paralizarían las transacciones comerciales del mundo, los embarques de productos, la distribución de alimentos, la prestación de cualquier servicio público, desde los más elementales como la energía eléctrica, el gas y el agua, hasta los más complicados de seguridad privada o nacional; las órdenes militares no podrían comunicarse, cada unidad militar de los ejércitos de Norteamérica y quizás de otros países quedaría aislada. Los aviones, trenes y barcos no podrían salir de sus aeropuertos, estaciones o puertos sin riesgos de graves accidentes. Los semáforos no funcionarían haciendo el tránsito en las grandes ciudades y autopistas un pandemónium. No habría gobierno, pues se carecería de comunicaciones. Si las compañías de teléfono manejan con computadores sus centrales para usuarios en cada país o provincia de la comunicación móvil prepagada, Internet y los programas de estos se atascarían con millones de datos inconexos, impropios...

Sería el colapso de la civilización pos-Internet. La globalización quedaría sin efecto en algunas horas. Todo sería confusión y desorden. Pero también pánico, caos y muerte; nada funcionaría: Los gobernantes sin comunicación no podrían gobernar; el ejército colapsaría porque no podía coordinar sus operaciones, ya que no tendría cómo comunicarse entre sus unidades; hospitales, policía, bomberos, defensa civil, servicios, empresas privadas, comercio, banca, industria... no tendrían quien los haga efectivos cuando sus obreros, operadores, administradores, técnicos, ejecutivos... no pudieran comunicarse si no es de manera presencial y de persona a persona. La sociedad actual es un organismo altamente tecnocientífico y comunicacional, funciona cuando sus entes operan con personas que se comunican por teléfonos de todo tipo, por redes, por computadores, por fax, por Internet...

Si estos medios se cierran por exceso de información inútil, de ruidos, la sociedad mundial colapsa —seguía Víktor especulando, mientras caminaban alrededor de la mesa en que el Cyber.1 mostraba en pantalla la imagen virtual del presidente 3R vociferando. Este plan, que quizás

sea una especulación, es el mayor acto terrorista jamás imaginado: peor que detonar una bomba nuclear sucia en una gran ciudad o desparramar un virus por correo o desde el aire o contaminando acueductos de las grandes ciudades...
—Se detuvo gesticulando con la pipa en la mano derecha, y agregó:

—Ahora entiendo para qué quieren controlar mentalmente a 31 o más millones de personas en un país como RHL, si a cada una se le entrega un computador personal o una estación de trabajo conectada a la red, un terminal, cada habitante actuará como un robot siguiendo órdenes para llenar por horas, días y semanas sin parar, todo el sistema telemático del mundo, con información inútil que bloqueará todas las operaciones que mantienen a las sociedades actuales organizadas y en funcionamiento: primero las de Estados Unidos, después, por conexión, con todos los demás —exclamó Víktor, y agregó:

—Debemos plantearles esta posibilidad, aunque especulativa, a todos nuestros amigos. ¡Convoquémoslos!

****

En el mirador del yate, dos hombres y dos mujeres podían apreciar mar adentro la IV Flota de la US Navy estadounidense con el portaaviones nuclear USS George H. W. Bush, construido con tecnología *stealth* que lo hace invisible a los radares y armas electromagnéticas, como buque insignia desplazándose a todas luces imbatible con su formidable poder de fuego hacia el sur, desde su puerto base en Mayport (Florida), bajo el Comando Sur; acompañado de doce destructores misilísticos, cuatro submarinos convencionales, varios portahelicópteros, tanqueros y naves de aprovisionamiento.

4 LA REPÚBLICA HUMANISTA
LATINOAMERICANA

Adelmo Barrios comparaba a cada uno de los pasajeros de la Air Caraïbes, procedentes del aeropuerto de Le Lamentin en Martinica, que salían del pasillo conector entre la aeronave que los trajo y el *gate* asignado en el aeropuerto internacional de la RHL, con la foto que había bajado de su PCP.

Al fin, aquella coincidió con la figura de un anciano sexagenario quien formaba parte del grupo que se dirigía a la aduana. Este debió ser un hombre alto en su juventud, pero ahora se doblaba con una joroba que le bajaba, por el peso de los años, su estatura original; una cabellera canosa, enmarañada y larga le llegaba debajo de las orejas; anteojos de carey gruesos; sombrero beis con ala gacha; un traje blanco de lino bastante arrugado, camisa también blanca, muy usada, corbata negra y unos zapatos inmensos, marrones, con mucho tiempo sin ser lustrados. Sostenía una pequeña maleta con la mano derecha y, con la izquierda, una pipa apagada que llevaba a los labios con la destreza de los zurdos como un hábito. Aquel anciano lucía un vestir muy descuidado y parecía un ser de poca importancia viviendo los últimos años de su vida.

Cuando presentó su pasaporte francés a las autoridades aduaneras, se identificó como el profesor Charles Garaudi en un castellano afrancesado; viudo, retirado, quien vivía hace cinco años en Martinica y vino a visitar a unos amigos criollos, con todos sus papeles en regla.

Cuando se acercó al anciano, al saludarlo, casi al oído, Adelmo le susurró en castellano:

—Pedro, luces irreconocible. Pero ¿no exageras el largo del cabello?

El viejo profesor rió y dejó ver una dentadura natural, blanca y perfecta que sería muy rara en un anciano.

—Te explicaré el porqué por el camino —contestó Pedro, evitando apresurar el paso o mostrar alguna agilidad o vigor que pudiera delatarlo. Mientras, Adelmo se encargaba de la maleta y lo tomaba por un brazo ayudándolo en su camino hacia el estacionamiento. Luego que abordaron el pequeño automóvil del ex animador de televisión y alcanzaron la autopista que los llevaría a la capital, Pedro se enderezó y desperezándose un poco le dijo a su amigo; mientras encendía la pipa con la mano derecha pues era diestro:

—Debajo de esta peluca llevo cosida una malla hecha con papel aluminio que sirve de jaula de Faraday.

—¿Qué es eso? —preguntó Adelmo.

—Luego te lo aclaro, pues te impresionará sobremanera lo que voy a decirte, viejo compinche —dijo Pedro como advertencia a su amigo— y posiblemente no lo creas; pero tenemos suficientes evidencias de que hay un complot internacional en marcha, en que toda la población de tu país está en proceso de ser controlada mentalmente a través de todos esos aparatos de TV que se ven en cada esquina, como las docenas que observé hace un momento en el aeropuerto, similares al empotrado en el tablero que tienes junto al volante en este automóvil, pero de diferentes tamaños.

Como esos que están en cada kilómetro de la autopista... por lo que veo, en todas partes. El propósito de mi viaje es comprobar directamente en el terreno lo que está pasando —mientras hablaba, Pedro iba señalando los aparatos en la medida que corrían por la autopista flanqueada por ranchos abarrotados de gente pendientes de lo que se transmitía por la televisión.

—Creo que algo así sucede —convino Adelmo—. Desde hace un año instalan gratuitamente computadores y televisores en todo el país, una empresa rusa que creo se llama Chelyabinsky Electronic … o algo así, pues los aparatos llevan el nombre grabado en una placa con un número grande; quizás sean ya millones los que estén en funcionamiento en sitios públicos y privados; pero particularmente en barrios populares como los que vemos ahora, en empresas, escuelas, universidades, hogares, oficinas públicas y grandes pantallas en sitios públicos como estadios, cines, coliseos, teatros, las esquinas más concurridas de la ciudad… El gobierno debe haber gastado millones en ellos y no sé para qué fin. Solo sé que la gente se ha hecho más sumisa a los mensajes del primer mandatario. Mi propia familia parece en trance hipnótico cuando habla el Presidente: todos los días entre las ocho y diez de la noche, el hombre repite el mismo discurso sobre el humanismo que está naciendo en nuestro país gracias a su liderazgo y que es la utopía de la felicidad espiritual y material para todos los ciudadanos de la RHL y cambiará el mundo comenzando con nosotros, educando a un hombre nuevo; y la llamada a la guerra asimétrica contra el Imperio Yanqui que intenta abortarlo.

Yo no le pongo atención; pero mi familia sí. Cuando llega la hora, se sientan frente al televisor mi esposa e hijos embelesados, a mirar y escuchar al Presidente; y antes de esa hora parecen intranquilos… pero se calman cuando lo ven en la pantalla; luego, duermen profundamente hasta el día siguiente… parecen narcotizados.

—Adelmo, hay algo más, lo que observas en la pantalla de tu TV como la imagen del Presidente dirigiéndose en cadena a tu familia y al país, no es el Presidente…

—¿…?

—¡No! En realidad es la imagen dinámica hecha por un programa de inteligencia artificial y telemático, valga decir de realidad virtual, que presenta al Presidente hablando como si fuera él. Pero el Presidente de carne y hueso, el real, murió de un infarto al miocardio hace varias semanas atrás en París. Lo que miras y escuchas es un Ciberpresidente.

—No entiendo Pedro, explícate mejor —aunque entendía los términos, pues era del oficio, ignoraba el significado de lo que su amigo le decía.

—Tenemos evidencias de que el Presidente murió de un ataque al corazón cuando dormía; hay tres testigos que nos han dado las pruebas: la falange del pulgar de cada mano del cadáver.

Pedro comprendía el estado de conmoción de su amigo, quien no alcanzaba a entender lo que le decía; así que procedió a darle detalles de todo lo que su pequeño grupo había averiguado hasta la fecha, sin ocultarle siquiera la profesión como damas de compañía que ejercían Desirée y Simonne.

—Ahora, comprendo muchas cosas y se explica la actitud obediente de gran parte del pueblo al punto de que prácticamente ya no es necesaria la *PRTI* y los cambios en el propio discurso del Presidente —que hasta hace poco era improvisado, vulgar a veces, de incontinencia verbal sin la menor mesura y de doble lenguaje que atribuíamos a su debilidad ideológica— ahora es más coherente, mesurado y sistemático.

Y con lujo de detalles, Adelmo Barrios puso a su amigo al tanto de la situación del país con el nuevo Ciberpresidente. Le dijo que ya no hablaba de guerra de guerrillas contra la invasión imperial; sino de guerra científica y tecnológica… que por supuesto ganaría venciendo al país más poderoso y técnicamente avanzado del mundo. David de nuevo vencería a Goliat. Le informó que ya nadie protestaba como lo hacía hacía unos años y, ahora, el país se derrumbaba en connivencia nacional. Como si fuese el suicidio colectivo de toda una nación.

En este largo período que ha estado gobernando esta gente, supuestamente revolucionaria, pero que no es más que militarista y corrupta, un grupo mafioso y oportunista; la nación se hunde más y más en la desorganización social y servicios … el desempleo, la inseguridad, el desabastecimiento de artículos de primera necesidad y las medicinas, los presos políticos y las masacres carcelarias, la fuga de cerebros, la hiper inflación, la desaceleración de la economía, el cierre de empresas privadas, la estatización de toda clase de empresas de servicios públicos o de extracción de minerales, los centrales azucareros, la comunicación e informática, el transporte y los hoteles... que en poco tiempo resultaron canteras de corrupción, barriles sin fondos dependientes del presupuesto nacional y de ineficiencia absoluta; más el aumento del tráfico de drogas, la pobreza extrema, la desaparición de la clase media para engrosar el número de pobres, el despilfarro y la malversación del erario público en grandes cantidades, el latrocinio a la cosa pública, la corrupción... todo totalmente impune; el control absoluto de todos los poderes por el Presidente, la sumisión y venalidad de los jueces, el nepotismo, el total deterioro de la infraestructura y los servicios, abarrotadas en poco espacio las familias por falta de viviendas y la ausencia de atención y seguridad hospitalaria, la huida de inversionistas, un alto mando militar obsecuente a la voluntad del Presidente, el regalo de inmensa cantidad de divisas a otros países para estimular el triunfo de la izquierda borbónica, supuestamente antiimperialista partidaria de nuestro presidente, el adoctrinamiento ideológico y el control cultural y deportivo...

Todo eso era protestado hace unos meses en marchas multitudinarias de la oposición, particularmente de los estudiantes, y manifestaciones diarias en cada rincón del país por el descontento nacional mayoritario ... La represión era brutal, con muertos y presos, se creía que en algún momento el caos en que había degenerado todo el país y lo hacía ingobernable llevaría a algún tipo de pronunciamiento de las Fuerzas Armadas o lo que quedaba de ellas, para obligar la renuncia del Presidente y su gabinete... y, de pronto, todo cambia, la gente acepta su destino, aplaude y obedece al Presidente... desde que empezaron a instalar esos equipos. Cuando terminó, le preguntó:

—Pedro, ¿qué podemos hacer?

—Por lo pronto, protegernos contra el control mental electromagnético de los *cybers*. Para eso es que sirve la jaula de Faraday. Una cofia hecha con papel de aluminio o ciertas aleaciones metálicas, en forma de malla sobre la cabeza que impide que el cerebro reciba las ondas electromagnéticas de control mental que emiten los aparatos de TV y dominan a todo el que esté cerca. Debajo de mi peluca cargo una que cosimos con materiales que se encuentran en tiendas comunes. Y valga la pregunta, ¿cómo es que a ti no te afectan las peroratas ripiosas del Ciberpresidente por televisión?

—Tengo una placa de metal que cubre casi todo mi cráneo, que me implantaron después de un accidente aéreo cuando pilotaba mi propia avioneta... la cubre una peluca como la tuya, solo que no tan larga. Ahora, me explico el porqué de mi inmunidad al control mental televisivo...

En ese momento, desembocaron en una de las vías más concurridas de tránsito en la ciudad; no habían andado unas cuadras cuando todo el tráfico se detuvo, en todos los sentidos sin que hubiese obstáculos que impidieran continuar a los centenares de vehículos de toda clase que circulaban a esa hora pico por aquella vía usualmente congestionada. Como si todos los conductores se hubiesen puesto de acuerdo en no avanzar más.

—¿Qué pasa? —preguntó Pedro.

—No lo sé —respondió Adelmo, mirando a todos lados.

Así que decidió tomar el hombrillo y avanzó dejando automóviles, autobuses, camiones, motos... atrás. Al llegar a un semáforo, la luz estaba en verde autorizando el paso aunque ningún automóvil avanzaba. Pero no eran solo los vehículos los que no se movían... tampoco los peatones, parecían paralizados. La gente formaba pequeños grupos, incluyendo los policías de tránsito quienes dejaron de dirigir el tráfico para unirse a ellos, en cada esquina, que miraban absortos la imagen del Presidente que les hablaba a través de aparatos de TV instalados en esquinas y otros puntos no distantes unos de otros.

En ese momento Pedro intuyó que podía movilizarse entre el tráfico y la gente sin que nadie lo tomase en cuenta.

—Avanza lentamente, Adelmo, y detente en las esquinas donde haya gente viendo la TV, necesito filmar esto.

El pequeño automóvil de Adelmo se colaba en medio del tráfico sin dificultad, sin importar que las luces cambiaran de verdes a rojas, Adelmo no se detenía. Pedro sacó un PCP de uno de los bolsillos de su chaqueta, marcó un número y le contestó Desirée.

—Dime mi amor, ¿estás bien?

—Sí, muy bien. Escucha querida, voy a empezar a transmitir imágenes, algo muy interesante está pasando aquí. Creo que se ha iniciado el proceso de control total de la mente de los ciudadanos de este país. ¿Están listos?

—Sí, ya las imágenes aparecen en la pantalla —contestó Desirée desde el bar del Entropía anclado en la bahía de Port de Plaisance de la isla Martinica. A su lado estaban sentados y atentos también Víktor, Debra, Francis, y Simonne. El PCP que operaba Pedro, pasó sin mayor inspec- ción por la aduana de la RHL; pero se trataba de la más alta tecnología con elementos nanotecnológicos *webcam* para enviar imágenes vía satélite de cualquier parte del mundo a un aparato de TV como receptor; era un prototipo diseñado y construido por la empresa Cybertechnology, de Pulansky; muy superior a los PCP del mercado, lo más avanzado de frontera tecnológica de la telefonía inteligente. Esta vez, fue la voz de Pulansky la que se oyó por el aparato.

—Pedro, esa gente está hipnotizada, observa el alto grado de superconcentración en lo que hacen, el relajamiento muscular y los párpados semicaídos que se les nota; creo que te puedes colocar a su lado y no te tomarán en cuenta, su atención está en la pantalla y lo que dice 3R. Quiero que bajes y te acerques a un TV que quede a tu alcance. ¿Tienes la pipa-destornillador contigo?

Pedro le hizo señas para que Adelmo se detuviera en una esquina, metió la mano de nuevo en su chaqueta y sacó otra pipa parecida a la de fumar, pero solo en su forma, pues

137

con un movimiento separó el hornillo de la cánula, quedando al descubierto varios destornilladores de distinto calibre.

—Bien —le instruyó Víktor—, ahora quiero que recorras con la cámara ese modelo de aparato de TV que la gente está viendo.

Pedro hizo lo que se le pedía. El aparato estaba colocado dentro de una armadura a dos metros de altura sobre el piso, en el mismo poste que sostenía un semáforo. De manera que la gente pudiera agolparse y ver la pantalla con un ligero movimiento de la cabeza hacia arriba

—OK —volvió a instruir Víktor—. Ahora súbete al poste y trata de alcanzar la conexión entre los cables de electricidad y señal, y el aparato.

Así lo hizo Pedro, sin que los televidentes le pusieran la menor atención, seguían hipnotizados con la voz y la imagen del Presidente. Alargando el brazo presionó un dispositivo parecido a un *pendrive* con el destornillador-pipa, y aquel se desprendió. Inmediatamente el aparato se apagó para desconcierto de la gente agrupada a su alrededor. En los primeros momentos que faltó la imagen y la voz, se miraron unos a otros y a los lados como desorientados; de pronto, uno de ellos señaló el aparato de la esquina de en frente y corrió, seguido por todos los demás hacia allí, para sumarse al grupo hipnotizado que ya estaba en esa esquina. Ninguno había notado la presencia de Pedro subido al poste ni el tráfico detenido ni a ninguna cosa más, parecía que el único interés de aquella gente era mirar la TV y escuchar al Presidente. A ninguno tampoco le llamó la atención ni le reclamó a Pedro que hubiese desconectado el aparato de la fuente de transmisión del discurso presidencial.

Desde el poste, Pedro le mostró a Víktor el *pendrive* que acababa de desconectar del aparato, acercándolo a la *webcam* del teléfono móvil y le dijo:

—¿Te interesa esto?

—Sí, es todo lo que me interesa, tráelo contigo oculto. Las autoridades no querrán que eso salga del país.

—Bien —dijo Pedro— mientras terminaba de despegar el dispositivo de los cables a los que servía de conexión con el aparato y la transmisora de TV... dondequiera que aquella estuviera.

Pedro regresó al automóvil donde lo esperaba Adelmo. Al sentarse se sacó el enorme zapato del pie izquierdo, movió a un lado el tacón y guardó el *pendrive* envuelto en un pañuelo dentro del espacio antes vacío de esa parte del zapato. Y se comunicó de nuevo con Víktor.

—Ya está oculto. Qué más quieres.

—Imágenes de la ciudad para grabarlo todo. Especialmente cada aparato de TV, sus conexiones y sus alrededores. Busca en alguna colina de la ciudad o algún otro sitio antenas transmisoras y repetidoras de la red de transmisión del sistema televisivo del Ciberpresidente.

Durante dos horas, mientras el Ciberpresidente seguía hablando pues lo veían y oían en la TV del automóvil y en cada esquina y en casi todos los lugares por donde pasaban, en los que Pedro se bajaba a filmar: parques, avenidas, calles, farmacias, restaurantes, tiendas, cuchitriles de buhoneros que en algunos sitios abundaban y casi no dejaban circular el tráfico... en los apartamentos, en las oficinas públicas y privadas, los suburbios, las casas familiares, los barrios... inclusive en la alcaldía municipal, donde empleados y policías no se habían movido desde que comenzó la transmisión.

Todo eso fue transmitido por la *webcam* del PCP de Pedro y grabado en el aparato de TV del Entropía.

****

—Y, ¿qué decía el Ciberpresidente?

—Durante dos horas llamó a esperar nuevas instrucciones, pues en poco tiempo su pueblo derrotaría al Imperio Yanqui con el arma secreta de la inteligencia de todos los ciudadanos, empleando medios científicos y tecnológicos...

en escasas horas recibirían las órdenes para las que deberán estar atentos a los próximos mensajes y a usar el computador personal, que les instalaron en sus casas, como un fusil.

****

Ya estaba terminando la transmisión del Ciberpresidente, cuando los dos amigos llegaron a un edificio abandonado, muy cerca de un río, rodeado de indigentes que ocupaban las calles cercanas y las instalaciones del edificio casi sepultado por basura, mugre, miseria y sordidez. Después de asegurarse de que el automóvil no sería robado ni desmantelado estacionándolo en un garaje cuidado por un amigo de Adelmo que fungía de vigilante, pasaron a la sede de lo que veinte años antes había sido la planta de TV con la señal de mayor sintonía en el país, desde los primeros años de la televisión en Latinoamérica; pero por hacer oposición al gobierno de Ruiz, el Poder Judicial la había cerrado con subterfugios legales. Por aquel cierre de la televisora, el gobierno de Ruiz tuvo que pagar un alto costo político, pues aquello llevó a las nuevas generaciones en las protestas, hoy ya desaparecidas por el control mental de la población.

****

En la destartalada oficina de Adelmo, de lo que fue en otra época un local ejecutivo con cierto lujo, inventariaron la situación política del país con la experiencia recién vivida.

—Definitivamente es un hecho lo del control mental; de otra manera no se explicaría la paralización de toda la ciudad por voluntad de los ciudadanos para escuchar y ver a Ruiz, sin coerción alguna —dijo Adelmo convencido.

—Notaste la diferencia del discurso del Ciberpresidente

al del Presidente (creo que a la imagen en TV debemos llamarla Ciberpresidente y no más Presidente, pues el que murió no ha sido reemplazado). Antes su estilo era intolerante, su agresividad verbal insoportable y su comportamiento energúmeno totalmente inútil; ahora, el de hoy, es pausado, conciliador, prudente como el de un consejero, un conductor, un maestro, un guía espiritual, un sugestionador... en síntesis: un hipnotizador. Hasta su voz, aunque del mismo timbre, se oye como la del Presidente, pero se percibe distinta: firme, serena... sin trabas.

Claro, manteniendo siempre su guerra contra el Imperio al que espera vencer ahora por medios pacíficos, por lo visto de superioridad científica y tecnológica que supera a la de los yanquis. Creo que esta nueva personalidad está evidentemente programada en el proceso de hipnotización de la población —comentó Pedro, mientras se sentaba, un poco cansado, en una silla ejecutiva de cuero casi deshecha por el tiempo a la que se le salía el relleno, y se sacaba la peluca de la cabeza, se quitaba la chaqueta y se soltaba la joroba hecha de tela, sostenida por dos correas debajo de los brazos.

—Cómo crees que es esa guerra científica y tecnológica—preguntó Adelmo con inquietud.

—Una científica, muy amiga del Dr. Pulansky, cree tener la respuesta. Según ella, la población completa: de tercera edad, adulta, niños, varones y hembras, se les entrenará para que tecleen, por horas y sin descanso, información-basura que entrará en los sistemas supuestamente más seguros del mundo occidental, pero que un nuevo tipo de computador llamado cuántico —que tienen en su poder— puede violarlos. Lo que esperan conseguir es el caos total, el derrumbe de la organización moderna en todos los países más industrializados del mundo, y aun los menos desarrollados; ya que todos dependen del procesamiento de la información en sistemas que han venido organizando desde la segunda mitad del siglo XX.

Es decir, todos los sistemas operacionales de las Fuerzas Armadas, de las instituciones financieras, gubernamentales, administrativas... en fin, todo el orden social acabaría en un caos. No se sabe cuáles serán las consecuencias... quizás la civilización regresaría a lo que era dos o más siglos atrás, pues no se ha tenido una experiencia así. Quizás lo pálidamente más parecido sean los apagones que ocurrieron en 1965 y 1977 que dejaron toda la costa oriental de los Estados Unidos sin energía eléctrica... sobre todo durante el último apagón cuando se desató el pillaje y cundió el desorden social sin que las autoridades de las grandes ciudades norteamericanas tuviesen capacidad para controlar y restablecer el orden.

En este caso, según lo que hasta ahora sabemos de esta megaconspiración, las cosas serían inconmensurablemente peor: toda la organización social de los países para la producción y distribución de energía, alimentos, servicios, defensa, protección, asistencia... todo, estaría sin control. Cada habitante de estos países quedaría desamparado, pues no habría organización social que lo proteja: quizás se volvería a la tribu... al clan —terminó por decir Pedro Gallardo Infante.

Adelmo se quedó pensando en silencio y recordó un consejo del estratega chino Sun Tzu, quien escribió uno de los tratados más antiguos sobre *El Arte de la Guerra,* 500 a. C.: "Vencer al enemigo sin necesidad de recurrir a las armas".

5 ARMAGEDON CIBERNÉTICO

Ya habían transcurrido veinticuatro horas desde que Pedro regresó sin inconveniente alguno a la seguridad del Entropía, a sus amigos y a su amante Desirée. Suficiente tiempo para que Debra y Víktor escudriñaran todo el diseño y construcción del retransmisor de señales que Pedro trajo oculto en el falso tacón de su zapato desde la RHL. Después de la cena, se reunió todo el grupo de amigos en el bar del yate. Sobre la mesa, el Cyber.1 permanentemente encendido, pero eliminadas las ondas de control mental por la sabia reprogramación que le había hecho la científica Debra Pidgeon, se veía inofensiva la imagen del Ciberpresidente sin que nadie fuera afectado como sucedía con los aparatos de TV instalados en la RHL; deberían ser las ocho de la noche en aquel país, hora en que comenzaba la transmisión usual del mandatario virtual.

—Bien —comenzó diciendo Víktor—, creo que ya tenemos una visión clara de lo que pretenden hacer el doctor Boscovich y la mafia a la que sirve. En primer lugar, han montado una red de televisión y otras señales por cable, en que este aparatito, para no entrar en más detalles —dijo mostrando el *pendrive* que Pedro había sustraído de una de las conexiones urbanas de la TV en las calles de la capital de la RHL— es a la vez transmisor, retransmisor y distribuidor de las señales que van a los aparatos de TV diseminados en todo el territorio de la RHL y los *cybers*. Y usan todo el sistema radioeléctrico previamente instalado en aquel país.

Para luego añadir:

—Los *cybers* crean los discursos virtuales del Ciberpresidente con las imágenes, envían las señales hipnóticas de control mental a la población; les dan las órdenes, y recogen la información-basura que teclean más de 31 millones de personas; luego, la acopian en los *cybers,* que acceden a los sistemas informáticos del mundo... y, entonces,... la hecatombe, la matanza de la informática mundial: el fin de la civilización de la información y el conocimiento organizados. El retorno a la edad media... creo yo.

—Pero ¿por qué usar a las personas y no un generador de basuras, de algún virus, de los que hay tantos, si es que pueden descifrar las *passwords* de cada sistema y entrar en ellos con los *cybers*? —preguntó O'Neill, como ingeniero electrónico que era, y una de sus especialidades consistía en conocer y limpiar de virus los sistemas que hurtaba o conseguía copiar por el soborno.

—Los sistemas antivirus más recientes son de carácter universal con pistas de trazas de los virus y filtros, pero sobre todo con permisos restringidos de acceso a los sistemas con códigos encriptados —le respondió Debra—. Se basan en el principio de que no existe un virus sin patrón; es decir, que sea totalmente al azar de manera que sea imposible descubrirlo, y eliminarlo. Bien, un número significativo de personas en estado narcotizado pulsando al azar las teclas de computadores, le contagiaría una septicemia mortal al sistema que infecten saturándolo. Es la idea del llamado algoritmo del museo británico: más antiguo que el propio museo, pero que ha sido enunciado de manera moderna por distintos autores en el siglo XX y, según el cual, eventualmente, un millón de monos tecleando en un millón de máquinas de escribir durante un millón de años, escribirían las obras completas del museo británico o por lo menos el *Hamlet,* de Shakespeare.

En realidad, matemáticamente hablando, el tiempo tendría que ser infinito y la cantidad de monos también para alcanzar la probabilidad real de que se logre el objetivo, de manera que 31 millones de personas con un número aproximadamente igual de computadores están muy lejos de tal hazaña, pero sí es seguro que en unas horas produzcan una enorme cantidad de datos aleatorios, si están en un estado de narcosis. Para ser precisos: hemos calculado que una operación así introduciría en la red de los *cybers* cerca de 720 *gigabytes* o 720 millardos de caracteres por hora. Si ustedes ponen a trabajar a esa población unas 10 horas diarias, durante un mes; solo con tiempo para dormir, comer y hacer otras cosas… suponiendo que todo lo demás se paralice en aquel país; la cifra alcanzaría, en solo un mes 216 000 *gigabytes*.

Imaginen, por un momento, cada *gigabyte* como obús; si se le dispara a un sistema unos cuantos obuses de estos, no habría en el mundo un solo sistema que no fuera volado. Bueno, los tres *cybers* juntos actuarían como cañones arrojando proyectiles de basura a cada sistema informático en el cual pudieran violar sus claves en cuestión de segundos, lo que a la población de todo un país le lleva un mes; hablamos de millones de *hackers* actuando simultáneamente en segundos. Una guerra cibernética nunca imaginada antes y a la que ningún sistema informático es inmune.

Pedro intervino, haciendo memoria.

—Hace algunos años, leí que la Fuerza Aérea había organizado un comando en la sede del Pentágono, en Virginia, con el nombre de Comando del Ciberespacio, y su propósito sería el de incorporar a las armas tradicionales de aire, mar y tierra, la del ciberespacio: para defender los sistemas informáticos del gobierno de los Estados Unidos, inclusive de Internet.

—Sí, leí sobre ello; pero es una actividad secreta, clasificada, no tengo idea si está o no en operaciones o si están preparados para este acto terrorista, que es de tal magnitud que supone muchísimo dinero y altísima experticia, pues nadie le hizo caso a mi teoría TIN desde el punto de vista práctico… no sé, seguramente sí. Si lo fuera, en cualquier caso, sus expertos deben vivir tan secretamente como lo ha hecho Boscovich. Pero no tenemos acceso a esta gente para saber si tienen o no respuesta para esta situación. Quizás a través de un senador amigo...

De pronto Desirée intervino dirigiéndose a Pulansky.

—¿No cree usted, doctor, que debemos hacer algo, entregar este aparato y lo que sabemos al Consejo de Seguridad de las Naciones Unidas?

—He pensado en ello... Conozco al Secretario General de las Naciones Unidas, Srinivasa Satyendrenath, pero siento decirlo, su nombre aparece en el CIBER-1 como uno de los conspiradores: ¿Usted piensa que alguien nos creería tan inverosímil acusación? Y si estamos en lo cierto, nos bloqueará la solicitud de reunirnos con el Consejo de Seguridad y posiblemente hasta una trampa nos pondrían.

Pero él no es el único, hemos estado leyendo los archivos del Cyber.1 y las reuniones de un tal Comité integrado por miembros de reconocido renombre internacional que tienen influencia en el Consejo de Seguridad. Creo que simplemente nos neutralizarían y quedaríamos al descubierto y fáciles blancos de los asesinos de la mafia... ¿No lo crees tú, Francis?

Francis miró a Víktor y asintió con la cabeza, convencido y con cara de preocupación porque el Dr. Pulansky tenía razón. Estaban solos en el planeta.

—¿Y a la CIA?... ¿No podemos recurrir a la CIA? —preguntó, como siempre, con ingenuidad Simonne.

—La CIA solo podría alertar a su gobierno y a las Fuerzas Armadas de los Estados Unidos, inclusive al tal Comando del Ciberespacio; pero no podrá dominar a millones de personas hipnotizadas. Por eso los conspiradores escogieron la transmisión digital por cable. De esa manera el blanco se dispersa... no hay antenas ni estación televisora que bombardear... ni el fuego atómico podría quemar todo el país de la RHL. Si los marines invaden el país tendrían que destruir uno por uno cada aparato de TV y cada computador que encuentren en la RHL, como lo hacían casa por casa en Irak buscando a sus enemigos... en cada esquina...

Una tarea que les llevaría meses y sería inútil porque para cuando desembarcaran ya habría suficiente información u obuses almacenados en el polvorín de la supermemoria cuántica de los *cybers*. Lo más probable es que tengan los *cybers* en distintas partes del mundo... quizás separados por miles de kilómetros y en refugios atómicos subterráneos. Nuestra mejor conjetura es que uno debe encontrarse en la RHL, otro en una isla del Caribe y el tercero en los Urales... quizás tengan otros más, pero hasta ahora esos son los que hemos contactado con el Cyber.1 que tenemos aquí, y aunque no sabemos exactamente dónde están, por el contenido de los mensajes de correo electrónico hemos deducido los lugares. Aunque estoy seguro de que lo primero que contaminarán serán los sistemas de las Fuerzas Armadas de los Estados Unidos... después aquel gobierno y luego el sistema financiero... Ninguno será operativo. Chao CIA... Chao Fuerza Aérea... Chao marines...

—¿Entonces? —Pedro fue el que esta vez pedía una respuesta a tan gigantesco problema.

—Bueno, quizás haya una posibilidad de detener esta locura de terrorismo final... la respuesta está allí — intervino Debra para contestarle, señalando al Cyber.1; estamos trabajando en ello — agregó Debra mirando a Víktor—. Aunque creo que hay alguien a quien podríamos contactar en el Pentágono, un alumno mío, un militar a quien le dirijo una tesis en la universidad de Maryland, en College Park, un suburbio de la capital; se trata del capitán Paul Gordon. Quizás deberíamos hacer contacto con él...

En ese momento, el teléfono móvil especial que cargaba Pedro vibró. De inmediato recordó que antes de salir de la RHL le había entregado otro muy similar a su amigo Adelmo, explicándole que podía comunicarse con él y con toda confianza por aquel aparato, pues el gobierno de la RHL no podía interceptarlo, ya que se trataba de una tecnología secreta elaborada por la empresa de Pulansky muy reciente- mente para uso de soldados en la guerra electrónica.

—Dime, Adelmo.

—Pedro, creo que ya comenzó todo lo anunciado... el Armagedón cibernético está en marcha.

LIBRO

TERCERO

1 LA GUERRA CIBERESPACIAL

Ya para finales de agosto, el Centro Nacional de Huracanes de la Florida reportaba en su último boletín que la temporada de huracanes del presente año 2030, había sido menos violenta que las de los últimos cinco años, cuando al final de la tarde del 28 de aquel mes, se presentaron los primeros indicios, que se convertirían en evidencias casi inmediatas, de que los sistemas informáticos de la Fuerza Aérea de la Armada de Estados Unidos habían sido infectados con algo, pues los pilotos de una escuadrilla de tres cazabombarderos del portaviones USS George H. W. Bush, buque insignia de la IV Flota, que patrullaba el Caribe perdieron su rumbo.

Al portaviones USS George H. W. Bush —con un desplazamiento de 100 000 toneladas y dos motores nucleares, cargando 86 *jets* de la última generación de cazabombarderos Lockheed Martin Northrop Grumman F-35 C (Catobar); superiores en cantidad, entrenamiento y tecnología a los de cualquiera de las Fuerzas Aéreas latinoamericanas y del mundo— le acompañaban, para formar la IV Flota, doce destructores misilísticos, tanques con combustible y otros suministros, además de portahelicópteros y otras naves de apoyo y submarinos convencionales.

El diseño del USS George H. W. Bush era el más avanzado de un nuevo tipo de portaviones clase Nimitz de propulsión nuclear para enfrentar los retos de la guerra electrónica del siglo XXI. Su construcción se inició en el año 2001 y fue entregado para la IV Flota al Comando Sur en diciembre de

2008. Se calculaba que estaría en operación durante 50 años, y podía permanecer sin aprovisionarse de agua o comida para su tripulación de 6.000 hombres durante tres meses, y no tenía que recargar su combustible atómico durante 20 años. En la torre de mando del portaviones USS George H. W. Bush, vigilaba los ejercicios aeronavales de la IV Flota el contraalmirante Thomas Curtis, recién designado capitán del portaaviones y comandante de la IV Flota, escuchando las voces de los pilotos por alta voces, en su puesto de comandante a casi 20 pisos sobre el nivel del mar. De pronto, se encendió una luz roja de emergencia en el tablero de mando que tenía enfrente y le dio paso a la voz de la torre de control. Tres F-35 IV que se acercaban al portaviones, después de los ejercicios de guerra del día, tenían problemas. El sistema de aproximación final para colocar sobre la cubierta a los aviones, sincronizado por seis satélites NAVSTAR-ASPN llamado MIGUE de la Fuerza Aérea le daba coordenadas diferentes a cada uno de los *jets*; el sistema ci- bernético-telemático parecía descontrolado, desorientado...

—Zorro uno a control, algo pasa en el sistema de aproximación, me está dirigiendo a 15°, varias millas fuera del curso del George H. W. Bush —exclamó el capitán John Dean, líder de la escuadrilla—, pido permiso para desconectarme del sistema y pasarlo a control no automático.

—Lo tiene —contestó la torre.

Casi inmediatamente, los otros dos pilotos en el aire que formaban la escuadrilla reportaban lo mismo. Pero ya era tarde, uno tras otro, los tres cazabombarderos amerizaron lejos del portaviones y en pocos minutos los pilotos lograron salir de sus cabinas y alejarse de los aviones, antes que los arrastraran los torbellinos de agua que se tragaban con su peso a las sofisticadas aeronaves valoradas en millones de dólares, por ser de la más alta tecnología y perfeccionamiento bélico. Los helicópteros que salieron a buscar los pilotos del portaviones también tenían problemas con su direccionamiento y orientación; las señales de emergencia que indicaban dónde habían naufragado los aviadores daban direcciones distintas a las del contacto visual. Al fin, los localizaron y rescataron de las aguas tibias del Caribe. De regreso al portaviones los helicópteros operaron su ruta manualmente por simple contacto visual. El sistema de posicionamiento geográfico no funcionaba. Los operadores aéreos no entendían las señales de sincronización de las telecomunicaciones y posicionamiento de aviones y naves. De pronto, en la IV Flota cundió el desorden. Los destructores ligeros y rápidos zigzagueaban a punto de colisionar entre ellos o contra otras naves. El contraalmirante Curtis, comandante de la flota, tomó una decisión: dio órdenes de inmediato cumplimiento para detener la flota.

Fueron las últimas que pudo dar; el sistema de telecomunicaciones se había vuelto un caos, y ni los mensajes de voz eran escuchados con nitidez pues se oía toda clase de ruidos... centenares de voces simultáneas congestionaban los teléfonos, imágenes de *webcam*, monitores y otros sistemas de comunicación telemática no presentaban en sus pantallas a los otros comandantes y capitanes sino cualquier cosa. Los radares detectaban señales aleatorias repletas de ruidos. Oficiales y tripulación se sentían desconcertados, no estaban preparados para una situación como esta. Jamás la habían simulado en sus juegos de guerra.

La IV Flota había sido inutilizada.

*****

No fue la única flota que quedó inoperante, inactiva... inerme. A las II, III, V, VI y VII les pasaba lo mismo en el Atlántico occidental, en el Medio Oriente, en el Atlántico oriental, en el Mediterráneo y en el Pacífico occidental... En unas horas el poderío naval de Estados Unidos se había desplomado, había sido desarmado, quedado inerte e inerme. No podían defenderse con sus misiles ni sus proyectiles nucleares ni sus sofisticados sistemas teledirigidos cruceros inteligentes con cabezas nucleares de 200 kilotones de potencia podían atacar nada, pues no había enemigo visible ni reconocido. Arrojar una ojiva nuclear sobre cualquier posible blanco de un supuesto enemigo, sería mal dirigida pudiendo errar el blanco y aniquilar alguna ciudad de una nación amiga. Tampoco se podían comunicar con sus comandos centrales de operaciones.

Lo que pasaba en la Armada Americana se repetía en todas las otras ramas militares de los Estados Unidos, incluyendo la Flota de Submarinos Nucleares, la Fuerza Aérea y en los silos con los cohetes estratégicos; cerca de 5.500 cabezas nucleares (en 1990 el inventario alcanzó las 70.000 ojivas nucleares, pero después del fin de la Guerra Fría se redujo a la mitad, para 1990 y para el presente a solo una duodécima parte) de 65 variedades; desde las que podía cargar un solo hombre, equivalentes a unos cuantos kilos de TNT, conocida como David Crockett Shield, hasta las de 25 megatones que transportan los bombarderos estratégicos y los vehículos de reentrada de múltiples cabezas nucleares.

En pocas horas los sistemas del Ejército, la Armada, la Fuerza Aérea, el Cuerpo de Marina, así como todas las agencias no combatientes dependientes del Departamento de Defensa del gobierno de los Estados Unidos de América fueron inutilizados.

Estados Unidos estaba a merced de cualquier fuerza nacional o terrorista que intentara un ataque en contra de aquella nación, si no fuese porque también las fuerzas armadas hostiles o posibles enemigas estaban sufriendo los mismos efectos... Y de igual manera les pasaba a sus aliados de la OTAN.

Las fuerzas militares más poderosas del mundo habían quedado incomunicadas interna y externamente: varadas. Solamente pequeños ejércitos y fuerzas aéreas de países subdesarrollados sin capacidad de atacar a otros países quedaban en operación.

Más de 2.000 millardos de dólares en gastos que se venían acumulando en el mundo cada año para seguir armando hasta límites demenciales a cada país en la Tierra, no servían para ningún objeto, pues lo más que se podía poner en operación eran patrullas aisladas en las que sus integrantes pudieran comunicarse entre sí casi personalmente, al alcance de la voz y los oídos humanos, o con equipos de radio de comunicación local directa, unidos por telefonía de cables de fibra óptica terrestres o submarinos intercontinentales, que seguía siendo el primer medio de telefonía mundial para el año 2030; pero una vez que dejaban los cables y sus miles de canales para salir por antenas en un mismo país o a través de satélites, las comunicaciones podían ser intervenidas, como empezaron a observar los expertos tanto militares como civiles en los gobiernos que eran directamente víctimas de la invasión comunicacional que arrojaba millones de datos incoherentes que volvían un caos las comunicaciones y el control de las instituciones y organizaciones militares del complejo mundo cibernético del siglo XXI.

Aun las operaciones civiles y comerciales podían ser usadas tanto para direccionamiento de barcos como de aviones civiles, por el sistema GPS OCX III , mientras no fueran militares y que por millones permanecían intactas. Pero no era el caso de las comunicaciones de carácter bélico; como lo reportaba la Administración Federal de Aviación de los EE. UU. para su territorio.

Los accidentes que le sucedían a numerosos aviones militares perdidos en el mar o estrellados contra montañas o caídos sobre barrios de las grandes ciudades, obligaron a los propios pilotos a no despegar con más vuelos, pues era imposible navegar bajo tales condiciones.

No solo sucedía esto con el sistema de posicionamiento geográfico vía satélite, llamado NAVSTAR-ASPN y sus 24 satélites orbitando la tierra del que se valía el gobierno de los EE. UU. y sus aliados, sino también con sus equivalentes rusos, chinos e indios.

La televisión mundial que usaba otros medios distintos para comunicarse y orientarse cronométricamente, con diferentes sistemas de satélites a los de los militares, pudo anunciar al mundo que los complejos militares de defensa de todos los países estaban inoperantes y no se conocían las causas; pues todos los demás sistemas de comunicaciones civiles y comerciales funcionaban. No era pues una inesperada explosión solar que había anulado las comunicaciones mundiales con andanadas de rayos cósmicos; y tampoco había evidencia de una invasión extraterrestre, como algunos medios señalaban…

Aunque en los primeros tres días del pandemónium de las telecomunicaciones militares globales se conocieron toda clase de especulaciones. Quizás, la población mundial, particularmente en Occidente, se había acostumbrado a presenciar por la televisión cuando sucedían grandes tragedias y desastres naturales y políticos: huracanes, terremotos, volcanes, tornados, revoluciones, conspiraciones, alzamientos, genocidios, pandemias como el Corona-virus 19... por lo que no había cundido un pánico colectivo universal. La gente permanecía en sus actividades diarias con la mayor expectativa que jamás se hubiera conocido; preguntándose qué más pasaría. Ya el mundo había asimilado las noticias más escandalosas sin pánico. Muy distinto a aquel día de *Halloween* del año 1938 en que un programa de radio dirigido por Orson Welles les hizo creer a los estadounidenses que estaban bajo una invasión marciana, con desastrosas consecuencias de pánico colectivo.

El mundo estaba en vilo con las imágenes de TV que minuto a minuto mostraban las flotas americanas, rusas, francesas e inglesas —las más grandes del mundo— ancladas allí donde las sorprendió el caos de las telecomunicaciones militares y sobre las que aviones civiles sobrevolaban con cámaras de televisión narrando la noticia.

Por muchos siglos el mundo se había quedado por primera vez sin fuerzas militares agresivas que pudiera usar un país para invadir a otro, pues el sofisticado sistema de comunicaciones que durante tres cuartos de siglo se fue armando con comunicaciones vía satélite de la más alta tecnología telemática, desde que la extinta Unión Soviética lanzó el *Sputnik;* simplemente, dejó de funcionar.

2 PANDEMONIUM

El capitán Paul Gordon Jr., recientemente incorporado al Comando del Ciberespacio de la Fuerza Aérea de Estados Unidos, con sede en el propio Pentágono, en Virginia —en los alrededores de Washington D. C.— se estrenaba en su trabajo como especialista telemático en medio de la más tremenda y ominosa crisis jamás imaginada por los directivos y expertos de aquel grupo creado en el año 1996, ya hacía treintaicuatro años y sin enfrentar alguna crisis, bajo la dirección original del general de tres estrellas Robert J. Elder para "La vigilancia mundial del ciberespacio".

Una semana antes de que se presentara el pandemónium comunicacional en las Fuerzas Armadas que disparó la alerta roja en el gobierno de los Estados Unidos y el de los países con los ejércitos más grandes y sofisticados del planeta, había atendido a una cita extraña en el propio Washington D. C., con una amiga y tutora de su tesis para el doctorado en ingeniería, que seguía en la Universidad de Maryland; quien, curiosamente, le había contactado a través de un colega de ambos en el MIT en lugar de hacerlo directamente a su PCP, cuyo número tenía y usaba con frecuencia; pues la doctora Pidgeon necesitaba tratarle un asunto muy grave de seguridad nacional, y hacerlo personalmente en secreto. ¡Nadie debería enterarse de aquel encuentro!

La cita se celebró un día sábado al aire libre en el Lafayette Park, en la avenida Pennsylvania, frente a la Casa Blanca, mientras caminaban alrededor de la estatua de Andrew Jackson que se alzaba sobre un jardín cercado y sembrado de flores rojas, amarillas y blancas que florecían a pesar del calor de la tarde estival, que para mediados de agosto hacía que algunos turistas transitaran lentamente con ropas ligeras tomando fotografías y grabando videos de la plaza y la Casa Blanca. Paul vestía de civil y Debra parecía su hermana, ambos por casualidad eran pelirrojos.

Después de cariñosos besos en las mejillas y un afectuoso abrazo, Debra Pidgeon entró de inmediato en materia.

—Paul, por razones muy complejas que tardaría mucho tiempo explicarte, nuestro querido profesor Pulansky, cuya teoría general de computación cuántica conoces bien y te merece respeto como hombre serio y probo que es, ha develado un complot mundial para controlar las comunicaciones y destruir con virus todo el sistema informático de telefonía, Internet, televisión y cualquier otro medio de comunicación que usen los satélites actuales. Cuando lo hagan, todos los sistemas de gobierno, militares, financieros y organizacionales de los Estados Unidos de América que dependen de aquellos y el resto del mundo, serán paralizados por contaminación, dejarán de funcionar. No habrá gobierno, ni fuerza militar de represalia ni ningún ente organizado en este mundo.

—Pero ¡eso es imposible! —exclamó el capitán y científico—. Solamente uno solo de esos sistemas, el militar, por ejemplo, tiene miles de archivos cifrados distintos, y cada uno requeriría miles, quizás millones de años, para ser descifrados por los criptógrafos con los computadores más poderosos de la tierra; en eso se basa su seguridad; aun con los supercomputadores que solo tienen la IBM y una docena más de compañías especializadas en el mundo, es posible romper códigos, encontrar las palabras claves y entrar en aquellos sistemas.

—Ciertamente —convino Debra—. Pero no hay código encriptado que se resista a un computador cuántico.

—Debra, pero si los computadores cuánticos, hasta ahora construidos, no tienen esa capacidad aunque no dudo que en una década la tengan y nos estamos preparando para enfrentarlos, como lo explico en mi curso de nanotecnología que dicto en la universidad de

Maryland hasta dónde puedo decir públicamente, y hablamos aquí de miles de archivos en que se miden en *gigabytes* su número de datos —afirmó escéptico Paul—. No creo que alguien se haya abierto paso con algún gran invento y pueda construir un computador con tales capacidades.

—Ese es precisamente el asunto del que te quiero tratar —le dijo Debra tomándolo del brazo y caminando con él hacia la irregular sombra que arrojaban algunos cerezos.

Le tomó una hora y algo más a Debra poner al tanto de lo que sabía de la Mafia Rusa, y de sus logros tecnocientíficos, y de cómo la población de la RHL estaba bajo el control hipnótico de un grupo de científicos apoyados por el gobierno de aquel país. Aunque no le dio nombres de quienes participaban en aquella conspiración hasta donde habían llegado a saber.

Cuando terminó, el Capitán Paul Gordon Jr. no sabía si creerle o no.

—Entonces, según tu historia, el presidente Ruiz murió hace varios meses y lo que reportan los noticiarios internacionales, CNN y tantas otras redes mundiales y locales de televisión es una imagen virtual con sus discursos de guerra —resumió Gordon para confirmar que había entendido lo que le decía su tutora, añadiendo—: y tienen controlada mentalmente a casi toda la población de la RHL y la están usando como esclavos, como robots, para crear archivos de basuras con que inyectarán a nuestros sistemas de comunicación vía Internet, porque romperán todos sus códigos. Es decir, que podrán exigir nuestra rendición y lo que quieran de nuestro país sin batalla alguna.

—Eso es lo que creemos. Hace una semana se paralizó aquel país para escuchar a 3R, como llaman por allá al presidente Ruiz. Eso fue reportado por las cadenas de televisión y el mundo entero quedó atónito y sin comprender el hecho —le recordó Debra.

—Ciertamente, en el Comando del Ciberespacio recibimos órdenes de estar alerta y activar *la red de emergencia* en caso de que algo pasara. Varias agencias nuestras, empezando por la CIA, están alarmadas por el comportamiento de la población de la RHL y la instalación masiva de redes de computadores y hasta tienen varios satélites chinos a su disposición.

—¿Red de emergencia? —indagó Debra.

—Sí, se trata de una red con satélites secretos y otras claves diferentes a las encriptadas actuales que cambian por horas sus códigos secretos y se activan si las redes normales de comunicación son invadidas o destruidas. Fueron construidas durante la Guerra Fría y tienen su centro en el estado de Utah.

—Tampoco los protegerán, puede que duren unas horas y serán tomadas por el sistema de *cybers* que opera esa mafia, que no debemos llamarla rusa. Más bien mundial. Los miembros del Comité son de distintos gentilicios y de muy diferentes orígenes y formación.

—Debra, todo esto es casi imposible de creer... Cualquiera pensaría, y perdona que te lo diga, que te has vuelto loca. Que tu inteligencia brillante explotó por tantos problemas tan difíciles de resolver científicamente en que te metes. Particularmente, desde que te agarró la fiebre de la criptografía —dijo Paul en un gesto de sinceridad muy poco común; pero así era como pensaba.

—Si yo estuviera en tu caso, diría lo mismo. No esperaba que me creyeras. Pero te voy a demostrar con una prueba que lo que digo es verdad. Dame un número todo lo grande que tú quieras y pienses que no se pueden conseguir sus factores primos, sino con supercomputadores en varios años de procesamiento.

—Bien, por casualidad cargo uno de 150 dígitos conmigo (la mitad del tamaño de la mayoría de los códigos que se usan hoy en día) con el que estoy probando un nuevo algoritmo usando 2.400 estaciones adscritas al Comando del Ciberespacio; ya pasaron los seis meses que había estimado le tomaría a mi algoritmo descomponerlo en sus factores primos, factorizarlos, desde que comenzó el cómputo, y todavía no lo hemos podido hacer —dijo el capitán sacando un PCP de última generación.

—*OK*, ponlo en pantalla y alcánzamelo —le instruyó Debra sacando un PCP muy parecido al que tenía su amigo en la mano. El mismo que había llevado Pedro en su viaje camuflado a la capital de la RHL.

Luego, Debra extrajo de la misma funda donde cargaba aquel PCP una corta conexión; conectó los dos teleprocesadores y habló con el Dr. Pulansky.

—Hola, Víktor, debo darle al capitán Paul Gordon una prueba de lo que le he dicho. ¿Puedes factorizar este número? Y tecleó algo en la pantalla. Luego esperó unos minutos; y pasándole su móvil a Paul, le preguntó:

—¿Son estos los factores que buscas?

—Déjame ver —contestó el joven militar y pasó los números que no eran tan grandes a su propio PCP. Luego lo mandó por la red a su computador instalado en el Pentágono para que los multiplicase, cosa que pudo hacer su estación en pocos segundos, pues aunque lleva meses, y hasta años, factorizar los primos de códigos muy largos, solo son necesarios unos segundos para multiplicar los primos cuando se conocen y así se reconstruye el código original. Cuando Paul consiguió la respuesta, la restó al número que le había dado antes para que Debra lo factorizara y la verificación arrojó cero: es decir, el producto era igual al número original y los primos dados por el computador de Debra eran los factores buscados.

—¡Fantástico! ¡Increíble!... —exclamó Paul sin salir de su asombro, y alzando la voz sin darse cuenta le dijo a Debra:

—Debra, ¡Te creo!... Tú y el Dr. Pulansky construyeron un computador cuántico con más poder que el del más grande de los supercomputadores nuestros.

—No. No lo construimos; lo robamos. Por ahora no te puedo decir más.

—Bien, Debra, entonces por qué no se lo entregas a mi jefe, el general Samuel Gudea…

—Porque les llevará a ustedes un tiempo precioso que no tenemos para alcanzar el punto de desarrollo tecnológico que hemos logrado tanto el Dr. Pulansky como yo. Y, además, sospechamos que hay infiltrados del complot, de la mafia internacional, en varias agencias del gobierno de los Estados Unidos. Posiblemente en el mismo Comando del Ciberespacio. Eso sería casi suicidarnos.

—¿Entonces, qué piensan hacer? ¿Qué esperan de mí? —preguntó Paul.

—Por ahora nada. No debes hablar con nadie, ni con el general Gudea ni con tu padre, el almirante Gordon, quien es amigo íntimo y consejero militar especial del presidente… Ni siquiera con tu esposa ni con tus mejores amigos. ¡Con nadie! Hasta que, llegado el momento crítico, entonces le entregarás al Presidente de los Estados Unidos, a José Giménez Smith, por intermedio de tu padre, este P C P —dijo Debra pasándole elque momentos antes había usado para comunicarse con el Dr. Pulansky, para insistir en su advertencia—. Puedes asegurarte que no oculta, como caballo de Troya, ningún dispositivo que pudiera dañar la integridad física del Presidente, escudríñalo con los instrumentos electrónicos que dispones en el Pentágono y hazlo delante de tu padre —el almirante Gordon— para que confíe en nosotros; y debes cargarlo contigo como esa crucecita que cuelga en tu cuello y de la que nunca te separas.

Tienes que ayudarnos a evitar que los "Gavilanes" del Pentágono metan a los Estados Unidos en una hecatombe genocida contra el pueblo inocente de la RHL. Y aunque sospecho que al principio no estarán en capacidad de lanzar sus bombas nucleares contra la RHL, me temo que encontrarán en poco tiempo algún modo de hacerlo. ¡Jamás confiaré en mis generales! Ya sus antecesores no tuvieron el mínimo recato moral para quemar a Hiroshima y Nagasaky; estaban dispuestos a hacerlo contra Cuba, si no los hubieran parado los Kennedy, bajo la presión de la desesperación son impredecibles y genocidas, como sucedió en Vietnam y en Irak.

Paul tomó el aparato que le dio Debra y la abrazó muy conmovido mientras le juraba que procedería tal como se lo pedía.

3 ULTIMATUM

El presidente José Giménez Smith —para sus amigos Joe, y para el pueblo norteamericano Joe Giménez o "El latino" —, ya había ejercido la presidencia de los Estados Unidos de América un poco de lo que esperaba fuera su segundo mandato en la Casa Blanca, cuando hubo de enfrentarse con el ataque terrorista comunicacional.

Elegido por el voto unánime de hispanos, católicos y otros grupos étnicos y religiosos, representaba otro de los cambios históricos radicales que sucedían contra la tradición de preferencias del electorado estadounidense.

Hacía tres días que la escala de cinco colores de la alerta antiterrorista en Estados Unidos —que en los últimos seis años se había mantenido en amarillo ("elevado") y en dos oportunidades había sido incrementado a naranja ("alto") y nunca había bajado de amarillo a azul ("cauteloso") o verde ("bajo") —, se elevó al máximo nivel de alerta roja ("severo"), en la medida que la destrucción comunicacional de las Fuerzas Armadas de los Estados Unidos dejaba sin defensa ni posibilidades de lanzar un ataque de represalia (Ley del Talión: "Ojo por ojo, diente por diente..."), quienquiera fuera el enemigo a enfrentar, de la que se creía hasta entonces la mayor e invencible primera potencia mundial.

Desde el momento que se declaró "alerta roja", el presidente fue llevado secretamente a las instalaciones de Monte Cheyenne, sede de la NORAD, originalmente el centro operacional de la Defensa Estratégica de Estados Unidos y Canadá cuando fue creado en 1959 contra la amenaza nuclear soviética, pero después del fin de la Guerra Fría y, particularmente, del 11 de septiembre de 2001 cuando fueron atacadas y destruidas las Torres Gemelas, quedó para combatir emergencias terroristas como la que se estaba viviendo y donde se suponía a salvo el presidente de cualquier ataque dirigido directamente contra su persona.

Aunque, todos los vuelos que se realizan en los Estados Unidos son monitoreados por NORAD, la información se consolida en el edificio Peterson de la Fuerza Aérea, en Colorado Spring, desde julio de 2006. De manera que la montaña Cheyenne quedó como refugio presidencial y control del gobierno y las Fuerzas Armadas por una red de comunicaciones de emergencia; solo que aquella red había sido paralizada, inutilizada, destruida como opción de emergencia y medio para dirigir la represalia y el contraataque.

El vicepresidente Robert Johnson también era salvaguardado secretamente en su rancho de Texas, listo para asumir la presidencia en caso de que el presidente quedara por alguna circunstancia incapacitado de seguir ejerciendo su autoridad y liderazgo como Comandante en Jefe. Pero también quedaba incomunicado por los medios de emergencia colapsados, como consecuencia del ataque terrorista… Solo podría dirigirse al resto del gobierno o al presidente por medio de las comunicaciones públicas o Internet.

En Washington D. C., solo quedaron dos miembros del gabinete: el secretario de estado David Silva (también de origen latino) y el secretario del Interior, Elmer Hopkins, los demás conformaban un gabinete de emergencia esparcido por todo el país e intercomunicado por vía de las redes telemáticas secretas del gobierno, pero aquellas no operaban. También se quedaron en la capital, los subsecretarios y directores responsables de las distintas agencias del gobierno, entre ellas las mundialmente conocidas por las siglas FBI y CIA, en las mismas condiciones que las Fuerzas Armadas: inútiles. Los gobiernos estatales y municipales no habían sufrido cambio alguno; y se mantenían en estado de alerta "naranja", esperando por nuevos acontecimientos, quizás un posible decreto de ley marcial.

La situación que encaraba el presidente Giménez, su gabinete y el comando de jefes unidos de las Fuerzas Armadas de los EE. UU., era tan grave como la crisis enfrentada por el presidente Franklin D. Roosevelt después del ataque a Pearl Harbor, en diciembre de 1941; o John F. Kennedy, durante la confrontación con la Unión Soviética por la instalación de misiles con cabezas nucleares de mediano alcance en Cuba, en octubre de 1962, que hubiera podido desatar el Armagedón; o George W. Bush, cuando el atentado a las Torres Gemelas en septiembre de 2001. Como en aquellas oportunidades, el pueblo norteamericano esperaba sin pánico, pero alerta y confiado en sus gobernantes y en sus instituciones que de alguna manera sabrían controlar la crisis y superarla. En realidad, hasta ese momento sabían solamente que algo peligroso pasaba, pero no conocían toda la verdad, esto es: que por primera vez desde su independencia estaban desarmados, vulnerables a un ataque directo a su propio país; de la misma manera que sucedió casi tres dlecadas atrás, con el ataque a las Torres Gemelas que nadie esperaba... Claro, que las generaciones actuales no recuerdan la crisis de los cohetes soviéticos en Cuba, y aún menos el ataque a Pearl Harbor; solo quedaba el recuerdo en los libros de historia; y de las islas Hawai, que son un lugar paradisíaco para vacacionar. Tampoco tienen memoria de la URSS ni de la Guerra Fría.

En una reunión con plena participación del Comando de los Jefes Unidos (Joint Chiefs of Staff , como se le conoce en inglés), máxima autoridad militar después del Presidente o Comandante en Jefe; además de miembros escogidos de su gabinete, en particular el secretario de Defensa Milton Roosevelt, y su consejero personal en lo militar Paul Gordon senior.; y, dada la naturaleza del conflicto, también había sido invitado el general Samuel Gudea, jefe del Comando del Ciberespacio de la Fuerza Aérea de Estados Unidos y el director de la Oficina de Ciberseguridad, doctor Olaf Sydow, creada por el presidente Obama mediante el Acta 2012.

El presidente había mostrado gran serenidad al enfrentar la crisis, pero no se sentía satisfecho con la explicación que le habían dado ni con las soluciones propuestas para resolverla: un grupo terrorista controlaba toda una nación, la RHL, y usaba sus habitantes como robots para destruir todos los sistemas informáticos de defensa y capacidad de ataque y represalia de los Estados Unidos y, como se supo luego, de todas las potencias mundiales, amigas o enemigas de Norteamérica; metiendo basura informática en todas las comunicaciones secretas de las Fuerzas Armadas de la nación norteamericana: un ataque terrorista cibernético inesperado y con una nueva tecnología desconocida por el país, que se servía de los artefactos más sofisticados en tecnología militar jamás concebidos.

Un ataque tan destructivo como pudiera serlo uno nuclear, químico o biológico. Equivalente a las consecuencias que se tendrían si un grupo terrorista detonara una bomba atómica en alguna ciudad de los Estados Unidos o esparciera agentes químicos o biológicos contaminantes en la nación; quizás sin pérdidas de vidas inmediatamente, pero en mayor escala organizacional por el caos generado y la total pérdida del control del gobierno y la defensa del país. En general, Norteamérica quedaba a la deriva.

Pero, además, había sido informado que todas las grandes potencias también sufrían iguales daños y habían quedado con sus fuerzas armadas de aire, mar y tierra paralizadas sin comunicación alguna; es decir, aquellas potencias que disponían de arsenal nuclear o para la guerra biológica o química, que pudieran amenazar a otras naciones, perdían en unas pocas horas, toda capacidad de usarlas. Simplemente, porque no se recibían las órdenes que se daban, desde sus más altos dominios de mando: presidentes, ministros y generales.

Bajando por toda la jerarquía militar hasta el capitán piloto de un caza, bombardero o al comandante de un portaviones, submarino o simplemente hasta el oficial al mando de un tanque o una patrulla militar: los sistemas cibernéticos que controlaban los equipos militares, no importa de qué complejidad, tamaño o poder, habían sido inutilizados. No existía comunicación que condujera la orden desde el más alto nivel hasta quienes eran dirigidas como ejecutores más directos en el campo de batalla y viceversa, no existía comunicación de abajo hacia arriba: en caso de una batalla no se sabría en los altos niveles qué sucedía en el combate.

Millones de millones de dólares que en ciencia y tecnología militar había invertido el mundo entero durante medio siglo, quedaban convertidos en chatarra inservible como las aeronaves de complicadísimo diseño y muy avanzada tecnología sin poder despegar, gigantescos portaviones y submarinos anclados donde les agarró el caos comunicacional, dispersos por el mundo entero o en sus bases navales. Solamente, pequeños ejércitos y fuerzas aéreas y armadas con mayor poder de defensa que de ataque, quedaban operativas en países subdesarrollados sin verdadera capacidad militar de invadir a otros países; entre ellas, las de la RHL. Se trataba de un ataque terrorista global.

El presidente Giménez solo pudo comunicarse con los primeros ministros, presidentes, cancilleres y altos mandatarios de los países atacados, tanto de Occidente como de Oriente, por medio de las comunicaciones civiles que aún funcionaban... como ciudadanos cualesquiera, solo para reconocer su indefensión y lo inermes que todos habían quedado para lo que parecía ser el primer ataque de un superpoderoso grupo terrorista mundial, tecnológicamente hablando.

Es verdad que el arsenal atómico de los Estados Unidos estaba intacto, así como el de sus aliados y adversarios declarados; pero no se disponía de medios para arrojar las ojivas nucleares sobre sus atacantes, si se identificaran quiénes eran y fueran localizados... no se tenía la capacidad de *delivery* o entrega, como se decía con eufemismo en el argot militar para referirse a arrojar bombas de destrucción masiva contra el enemigo.

El presidente se dirigió a su Secretario de Defensa:

—Entonces, Milton, estamos aquí bajo tierra y sin poder recuperar nuestro sistema de control e información de defensa; el más complejo y costoso de la historia, porque lograron violar nuestra seguridad, rompieron nuestros códigos y armaron un caos en nuestras comunicaciones al punto de que la Armada está fondeada, pero inutilizable; la Fuerza Aérea en tierra, pues no pueden despegar sus aviones militares sin que choquen en el aire entre sí o se precipiten a tierra apenas despeguen; nuestros sistema misilístico no puede lanzar ni un solo cohete sin correr el riesgo de estallar su ojiva nuclear en una ciudad nuestra o de nuestros aliados en el mundo entero, pulverizándola... y el ejército ha quedado a pie o a caballo, si es que logramos reactivar nuestra caballería que todavía se usó en la Primera Guerra Mundial en el siglo XX.

Más aún, he sido informado que se activó automáticamente todo el sistema paralelo de emergencia para volver a controlar nuestras Fuerzas Armadas y en menos de veinticuatro horas le sucedió lo mismo: fue también violado e inutilizado. Que todas las medidas tecnocientíficas, políticas, estratégicas, leyes, educación y cuanta cosa nos hayan pedido los especialistas, científicos y técnicos cibernéticos, desde el año 2012 con el Acta de 2012 que hayamos implementado para enfrentar la mayor amenaza terrorista a nuestro país como es destruir su seguridad ciberespacial y todo lo que hemos hecho para prepararnos contra un ataque o un accidente en nuestro sistema de seguridad ciberespacial han sido inútiles. Entonces, ¿tenemos alguna salida?

Milton Roosevelt, descendiente de presidentes de los Estados Unidos, un hombre moderado y sumamente inteligente, no le mentía a su presidente ni por asomo, como en el pasado por oscuros intereses lo había hecho la misma CIA; tampoco le edulcoraba la gravedad de la ominosa crisis que enfrentaban; y a pesar de su desacuerdo tenía que informar lo que recomendaba el Grupo de Jefes Unidos. Y le dio este informe oral:

—Nuestros expertos científicos y militares, entre ellos el

General Samuel Gudea, Director del Comando de Ciberespacio creado para responder a situaciones extremas como la que enfrentamos, consideran que el daño hecho al complejo cibernético que controla nuestras comunicaciones militares es total, devastador y, lo que es peor, irreversible; que posiblemente lleve unos diez años volver al estado en que estábamos antes de ser atacados; la tecnología alcanzada con todo el desarrollo logrado por costosos sacrificios de la vida entera de científicos y técnicos dedicada a su descubrimiento y puesta en práctica, en estos casi siete dcontados a partir de 1959, cuando se creó el NORAD en plena Guerra Fría, no es ni siquiera a mediano plazo recuperable.

Y como el presidente era todo oídos, continuó:

—Si este grupo terrorista ha logrado inutilizar nuestra capacidad militar acabando con nuestro sistema de comunicaciones computarizado vía satélite, antenas y cables; no hay duda de que también puede hacerlo con nuestro sistema financiero, con nuestra organización social, civil y cultural; en fin, con nuestro modo de vivir. Es decir, acabar con el gobierno y sociedad estadounidenses que regresarían a la comunicación de los días de la independencia con la posta de caballos como sistema de correo… aunque quizás pudiéramos tener suerte y usar de nuevo el telégrafo inalámbrico que no depende de los computadores; pero tendríamos que ir a los museos a buscar los equipos y ni siquiera contaríamos con personal experto que los pudieran operar Ya murieron hace varias décadas quienes los conocían y operaban, los llamados telegrafistas. En fin, no hay nada que pudiera detener a este grupo terrorista, quienesquiera que sean, y solo parece que nos queda como única defensa el detonar una ojiva nuclear en su puerto principal o arrojarla sobre la capital de la RHL que es donde están los *hackers*, a fin de crear un caos y disuadirlos de continuar haciéndonos daño —dijo con rostro grave y ensombrecido el Secretario de Defensa Milton Roosevelt.

—Me está usted sugiriendo que solicite al Congreso que le declare la guerra a la RHL, una pequeña nación de unos treinta y tantos millones de habitantes, subdesarrollada, que compra todo lo que consume agotando su materia prima que nos vende; y luego aniquile a varios millones de sus habitantes sin tener la seguridad de que está dominada por terroristas... que toda la nación se volvió terrorista contra nuestro país y otros países desarrollados.

—No quisiera que fuese así, pero aunque me opongo moralmente contra tal estrategia, no encuentro ninguna opción práctica que detenga la aniquilación de los Estados Unidos y el mundo desarrollado, el mundo capitalista de las naciones que controlan la economía mundial. Siento decirlo, Presidente, pero no nos preparamos para esta clase de ataque de manera eficiente, aunque sospechábamos que podría darse algún día remoto en el futuro y tendríamos tiempo para prepararnos y defendernos.

Nuestros expertos en cibernética y criptografía calificaban a los *passwords* con que protegíamos a nuestros sistemas de comunicación totalmente bñlindados por sus códigos indescifrables, irrompibles, seguros por centenares o miles de años, aun contra el ataque de los computadores más poderosos existentes o por construirse en muchos años por venir. Es evidente que nos equivocamos y alguien inventó una máquina más potente o procedimientos más inteligentes. Siempre es posible que nuestros enemigos sean más inteligentes que nosotros. No culpo a quienes especulan que todo esto es obra de extraterrestres.

—Al menos, ¿se han identificado nuestros enemigos? ¿Algún grupo terrorista se ha atribuido tal hazaña? ¿Hay demandas? —preguntó desorientado el presidente.

Esta vez fue el General Gudea quien intentó informarlo.

—Uno de los potenciales países hostiles que en cualquier momento pudiera significar una amenaza cibernética para nosotros, por lo que lo vigilamos permanentemente de cerca, y deberíamos estar en capacidad de atacar, resultó ser la RHL. No solo por el discurso incendiario y antinorteamericano del presidente Ruiz desde que asumió la presidencia de su país, calentándose cada vez más al pasar los años de su gobierno; sino también, por los hechos sospechosos de la compra masiva de computadores que hacía en todos los mercados del mundo, particularmente el ruso y el chino, así como la instalación de fábricas de computadores con empresas mixtas del estado de la RHL y empresas de lo que fuera antes la Unión Soviética, algunas identificadas por nosotros como fachadas de la Mafia Rusa, y su distribución gratuita por todo el país —explicaba el General Gudea para atrapar toda la atención de los más altos militares y empleados civiles de la nación, cuando hizo una pausa para escudriñar la reacción de sus palabras ante aquellos poderosos hombres con rostros demudados por la tensión.

—Continúe, por favor, General —le animó el presidente con impaciencia y aflorando su inquietud.

—Hace unos años atrás, investigadores de la universidad de Pennsylvania publicaron un documento donde advierten de lo sorprendentemente fácil que sería echar abajo una red de telefonía móvil sobre la base tan solo de enviar mensajes de texto (los llamados SMS por *Short Messaging Services*). Según se afirma en aquel estudio, bastaría tener acceso a poco más que un cable-módem para dejar sin comunicación inalambrica a grandes áreas metropolitanas por el embotellamiento de mensajes; pero una red de suficientes computadores zombis sería capaz de impedir el funcionamiento de la telecomunicación móvil en todo el territorio de los Estados Unidos abarrotándolo de textos.

Ese informe nos prendió una luz de alarma sobre lo que pudiera estar sucediendo en la RHL; particularmente, porque no usaban Internet, sus computadores se estaban interconectando en redes intranet por medio del sistema eléctrico interno del país, es decir por la vía del cable: para enviar mensajes por televisión e integrar comunicaciones cibernéticas entre computadores y pantallas de televisión que estaban siendo instaladas en todo aquel territorio y que lo único que mostraban eran videos del presidente de pasadas cadenas o de nuevas cadenas en vivo, siempre en la noche.

—Continúe, general Gudea —volvió a interrumpir el presidente, interesadísimo en lo que decía aquel experto en guerra electrónica y cibernética.

Entonces con más seguridad continuó informando el General.

—Para conocer lo que allí sucedía, enviamos dos equipos de espías: uno formado por dos rusos, viejos espías a nuestro servicio; el otro, por dos cubanos expertos y disidentes; dada que compañías rusas como RusEnergy y Rosoboronexport trabajan en sistemas de energía y armas, como otras cubanas que negocian con biocombustibles y cuentan con subsidiarias formadas por expertos con tales nacionalidades, a quienes es común verlos desplazándose por toda la RHL sin trabas de ninguna especie.

La información que nos daban al principio de su llegada a aquel país, conducía a creer que estaban preparando una masa extravagante de computadores zombis, empleando la mitad de la población de la RHL, que podían en teoría crear un embotellamiento del tráfico de toda la red libre de Internet y los Procesadores de Comunicación del planeta entero que usan los sistemas SMS. Pero nunca pensamos que pudieran penetrar redes privadas, con códigos considerados indescifrables como *passwords*. Menos, tener capacidad de invadir las comunicaciones de las Fuerzas Armadas de los Estados Unidos y otras potencias mundiales; particularmente las del Club Atómico Internacional. El caso es que hace un mes, cuando nuestros espías observaban lo que decía el presidente Ruiz, después de escucharlo no quisieron volver a comunicarse con nosotros; solo lo hicieron para decirnos que habían renunciado a su papel de espías y nos denunciarían ante el gobierno de la RHL por flagrante espionaje; como si se hubiesen pasado al enemigo... o hubieran sido apresados y lavados sus cerebros con algún procedimiento hipnótico que les hacía sumisas sus voluntades al régimen de la RHL. No pudimos conocer nada más sobre lo que pasaba en la RHL hasta que nos sorprendió este megaconflicto —terminó confesando su impotencia el general Gudea.

En ese mismo momento, por el intercomunicador interno que estaba sobre la mesa se comunicaron con el Secretario de Defensa. Sabiendo aquel que solo se le interrumpiría en aquella conferencia si algo grave sobrevenía, tomó el auricular haciéndole una venia al presidente para solicitar permiso para interrumpir la exposición de Gudea. Con la mirada atenta de todos los demás, Roosevelt escuchó lo que le decían, colgó y se dirigió al presidente.

—El presidente Ruiz se dirige al mundo por la televisión vía satélite.

—Veamos qué dice —sugirió el presidente Giménez.

En una pantalla gigante que ocupaba gran parte de uno de los extremos de la larga mesa alrededor de la que estaban sentados los altos dirigentes civiles y militares, en estado de alerta máxima por el ataque cibernético que sufrían desde hacía ya algunos días, apareció la imagen del presidente Rafael Ruiz Rodríguez cuya vestimenta observable era una camisa verde oliva con mangas largas y un quepis rojo; había un reloj a sus espaldas que señalaba el día, la hora y los segundos que cambiaban mientras se hacía la transmisión aquel 11 de septiembre del año 2030. Tres décadas después del primer ataque terrorista con que se estrenó el Comité, aunque nadie lo supiera entonces, dándole apoyo financiero y logístico a los **islamistas yihadistas** de Al-Qaeda que se encargaban de la ejecución de un plan que resultó muy eficiente al derrumbar con dos vuelos secuestrados de aviones de pasajeros, las llamadas Torres Gemelas del World Trade Center, en la isla de Manhattan.

En nombre de la República Humanista Latinoamericana, me dirijo a todas las naciones explotadoras y guerreristas del mundo, también a todos los demás países víctimas de aquellas, para asumir la responsabilidad de la paralización de las Fuerzas Armadas de esos países, como presidente de esta Nación que hoy toma el papel histórico y consecuente con sus ancestrales libertadores que antes habían liberado a la América hispana del yugo español; revolución mestiza que quedó incompleta bajo la garra capitalista de los imperios europeos del siglo XX; para culminar esa obra que emancipará al mundo del Imperio Yanqui y sus gobiernos secuaces.

Con la proeza científica y tecnológica de destrozar todas las comunicaciones militares de quienes se sienten dueños y en consecuencia explotadores de la Tierra, porque es de ellos; para traer la verdadera libertad, igualdad y confraternidad dentro de un nuevo orden mundial y el fin del imperialismo en todo el planeta: la verdadera globalización libertaria... No para una sola nación, como comenzó nuestra propia revolución, sino para el mundo entero...

Y durante dos horas culpó al gobierno yanqui, a todos los países de la Unión Europea, a Israel y al Japón y generalizó con toda la cultura Occidental, de todos los males que ha sufrido la humanidad durante toda la historia; inclusive, antes que Estados Unidos fuera nación.

Para terminar su amenazante discurso con estas palabras:

En consecuencia, nosotros los ciudadanos de la RHL, hemos decidido cambiar este orden de cosas; y, puesto que lo que ha pasado con vuestros sistemas militares que hemos inutilizado, podemos repetirlo con vuestros sistemas financieros globalizados, con vuestros gobiernos nacionales y locales; al igual que con vuestro sistema de transporte y medios de comunicación civiles; y por vuestra culpa, si no obedecen lo que les exigimos, morirán millones de personas por hambre e inasistencia, pero no solo en los países pobres que después de todo se mantienen en casi los límites de la supervivencia, sino de los ricos y opulentos, mal acostumbrados y explotadores. Por lo tanto, es vuestra decisión satisfacer o no nuestras demandas que son estas:

• Se constituirá una Autoridad Mundial que designaremos respaldada por una Constitución Mundial y un único ejército integrado por soldados y oficiales de todas las

nacionalidades que asegurarán la paz del mundo. Esta Autoridad procederá a desarmar a todos los demás ejércitos nacionales hasta que solo sirvan como policías de sus propios países o zonas geográficas. Esto se hará así: los rusos desarmarán a los yanquis y canadienses, y viceversa; los franceses a los ingleses, y viceversa; los israelíes a los iraníes, y vice- versa; los hindúes a los pakistaníes, y viceversa; los chinos a los japoneses, y viceversa; los norcoreanos a los surcoreanos, y viceversa... en fin, cada nación desarmará a su enemiga tradicional... como en toda Europa y el resto de los continentes que secretamente pudieran contar con armas nucleares, químicas o biológicas o ejércitos tecnológicamente avanzados, serán desarmados por sus llamados enemigos seculares.

• No debe quedar en operación ningún bombardero estratégico o táctico, que serán dinamitados; ningún portaviones, ningún submarino atómico o convencional que deberán ser hundidos donde estén fondeados, como tampoco ningún tanque o vehículo armado que deberán ser volados por los aires, así como los arsenales y armamentos convencionales ... hablamos del desarme mundial, de un mundo libre de armas de toda clase.

• Todo el material fisionable de plutonio o uranio que quede de las 1.152 cabezas de guerra a que se ha reducido el arsenal solamente en los Estados Unidos y otro tanto en el resto del mundo pasará bajo el control de un gobierno mundial para fines pacíficos presidido por mí y un Comité internacional que yo designaré.

¡Tienen tres días para una reunión de estados en las Naciones Unidas y acordar su respuesta!

Con estas últimas palabras, la imagen se desvaneció en la pantalla.

4 TRIUNFA EL COMPLOT MUNDIAL

—Señores, el Camarada Borodin presente... —anunció el oficial vestido de verde oliva que guardaba la puerta. Los miembros del Comité se levantaron para rendirle honores al camarada Nikolái Ilich Borodin. De nuevo se reunía secretamente en la Isla el mismo grupo que unos meses atrás había dado su conformidad a la Misión Ciberpresidente.

Borodin tomó la palabra:

—¡Camaradas! —exclamó el presidente del Comité, sonriendo y con exultante satisfacción—, hoy es un gran día para nosotros. El mundo entero está bajo nuestro poder, el Ciberpresidente les envió un ultimátum para que se desarmen todas las grandes naciones del mundo o les inutilizamos sus sistemas comunicacionales y volvemos sus sociedades organizadas un caos total; y este triunfo se lo debemos en un alto grado a mi hijo putativo... al Dr. Roger Boscovich, para quien pido un aplauso —y poniéndose de pie comenzó a aplaudir con fuerza.

Siguiendo su ejemplo, los demás miembros del Comité, sus asesores y asistentes también lo hicieron, todos de pie y dándole la cara al brillante ingeniero quien recibió la ovación devolviéndoles con gesto agradecido el reconocimiento con el batir de las palmas de sus manos. Ese fue el momento culminante y de mayor triunfo en la vida de Roger Boscovich y el comienzo de su fin.

Unos minutos después regresaron a sus asientos y Borodin continuó con la palabra:

—Los capitalistas que gobiernan al mundo se encuentran ante la disyuntiva de lanzar, de alguna manera, una cabeza nuclear sobre puertos o ciudades de la RHL, como represalia para impedir nuevos ataques a su sistemas de comunicaciones o aceptar nuestras condiciones; seguramente podrían explotar una ojiva nuclear sobre la RHL valiéndose de algún vehículo antiguo que no use computadores en su sistema de navegación, por ejemplo un bombardero de la segunda guerra mundial...

Aunque no necesitan uno tan grande como el B-29, parecido a aquel que con el nombre de Enola Gay arrojó la bomba atómica sobre Hiroshima; pues, las ojivas nucleares han reducido mucho su tamaño desde entonces; quizás, un *jet* de la década del sesenta o por medio de otros vehículos como podría ser un submarino convencional operado por sistemas no computarizados, con torpedos a los que se les cambia su carga explosiva por una ojiva atómica o a pie, infiltrando un comando de manera clandestina en la RHL, para que coloque un dispositivo nuclear en una gran ciudad y hacerlo explotar por radio o por un mecanismo cronométrico retardado o cualquier otra cosa que se les ocurra, como usar transportes civiles todavía operativos, para sustituir su capacidad destruida de bombarderos, misiles cruceros y otros medios de locomoción de alta tecnología hoy inutilizados. Si así lo hicieren, si pulverizan un puerto o la capital de la RHL, se justificarán ante los ojos del mundo los nuevos ataques que ordene el Ciberpresidente.

Y aunque la hecatombe organizativa seguramente causará muchas víctimas, el resto del mundo se volverá contra ellos; y, finalmente, aceptarán desarmarse y entregarse a nuestro control; valga decir, a que seamos los únicos con armas nucleares y con los medios capaces de arrojarlas a quienes se opongan a nuestro gobierno mundial. Para entonces, ya contaremos con Internet totalmente a nuestra disposición y nuevos *cybers* de control mental mucho más potentes, que nos permitirían dominar la voluntad de toda la humanidad y crear un mundo feliz, aunque sin el libre arbitrio, hoy alienado, de los hombres.

Un mundo en que haya igualdad entre todos los seres

humanos, sin odios ni competencias, solo colaboración y equidad para terminar con los millones de pobres y con las diferencias entre países ricos y pobres, y así se logre detener la explosión demográfica, las hambrunas y las epidemias que son sus consecuencias y volver al hombre al paraíso que abarcaría todo el planeta, no solo a la tierra bíblica del Edén y del que no tenía que haber salido nunca. Esto es lo que Dios ha debido hacer en lugar de dejarles la decisión a los primeros padres —justificó con alusiones bíblicas como tenía por costumbre hacer Borodin, pero todo el que lo conocía sabía de su agnosticismo—, aunque la humanidad deba rendir su voluntad ante la nuestra. Estos son nuestros objetivos y veo que los estamos alcanzando... ¿Qué opinas Satyendrenath?

Al verse aludido, el Secretario de las Naciones Unidas, quien en la confusión mundial había podido escapar de Nueva York a la Isla de manera secreta, para asistir a tan crucial reunión, durante algunas horas, mientras todo el mundo lo creía en sus habitaciones descansando... quizás durmiendo... lo que casi no había podido hacer en los últimos días de la crisis cibernética mundial; poniéndose de pie les dijo:

—Creo que sí —en la reunión de ayer del Consejo de Seguridad integrado por los EE. UU., Rusia, Gran Bretaña, Francia y China—, los países más poblados, Rusia y China, estuvieron de acuerdo con el desarme mundial, no así los otros tres. Rusia y China solo piden garantías, que se respeten sus fronteras y puedan conservar sus ejércitos convencionales, los más grandes del mundo, para defenderlas. Aunque volviendo a los principios del siglo XX, con ejércitos de a pie y a caballo. Como eran antes de la mecanización y la computarización de la tecnología bélica que ha llegado a tan alto grado de sofisticación que depende casi totalmente de sistemas cibernéticos, al punto de que un ataque a aquellos por medio de una tecnología más avanzada, como la que hemos desarrollado nosotros, los vence.

¿Cuál es la situación con los yanquis? —preguntó

Nikolái, dirigiéndose esta vez al alemán Hermann Hammersmith, representante de los países desarrollados de Occidente.

—De desconcierto. El presidente Giménez, a pesar de ser latino es un hombre que se sabe controlar muy bien; y se cuida de tomar decisiones apresuradas. Hasta el momento, no ha hecho otra cosa que consultar a través de sus embajadores y por vías comunicacionales que hemos podido intervenir, pues son de uso público, con los demás jefes de los estados afectados, sin mostrar disposición alguna ni siquiera indicio de que se rendirá a nuestras demandas. Quizás, esté preparando algún tipo de represalia atómica contra el único blanco reconocible, la RHL —conjeturó Hammersmith.

—Lo que ellos desconocen es que el genocidio, de tres a cinco millones de ciudadanos de la RHL, no detendrá nuestros planes. Serán héroes, mártires, víctimas del imperialismo en sus últimas patadas de ahogado, antes de sucumbir y dar paso al nuevo orden mundial —dijo con frialdad aterradora Borodin—. Tampoco pueden apresar, enjuiciar o matar al presidente Ruiz, pues ya está muerto. Y luego añadió:

—Creo que debemos pasar a una nueva fase del ataque. Explíquela, por favor, camarada Jiang Ching —dirigiéndose a la representante de la China en el Comité. Se levantó una mujer con la edad indefinida de los chinos, con rasgos muy hermosos, delgadita y bajita, casi insignificante, pero de reconocida inteligencia y astucia como miembro de larga trayectoria en el Partido Comunista Chino.

—Bien, nuestro próximo ataque es al corazón mismo del sistema capitalista: la Bolsa de Nueva York o mejor conocida por sus siglas en inglés de NYSE, el mayor mercado de capitales del mundo. En dos fases: la primera será suprimir las comunicaciones, es decir crear una confusión incontrolable (como lo hicimos con las fuerzas armadas) en la NASDAQ, la Bolsa del Mercado Electrónico o mercado "punto com" más grande de los EE. UU. —e hizo una pausa para aclarar—: El NASDAQ es una bolsa de valores situada en Nueva York que lista más de 20.000 accionistas de pequeña y mediana capitalización de empresas de alta tecnología electrónica, informática, de telecomunicaciones, nanotecnología, biotecnología... lo más avanzado de las nuevas empresas que según algunos pensadores está formando la nueva economía del mundo; es decir, una economía centrada en la información y el conocimiento más que en cambios de materia y energía como fue la del estado industrial durante todo el siglo XX; que funciona a escala global, y donde los bienes y servicios se organizan a través de Internet.

Para algunos economistas representa el futuro de una economía cuya productividad proviene de las tecnologías de la información que en los últimos años ha mantenido un crecimiento continuo, bajas tasas de desempleo, al parecer inmune a los ciclos macroeconómicos de la crisis capitalista, y rival de la NYSE, a la que, según algunos economistas, sustituirá en poco tiempo. Un ataque fulminante a la NASDAQ, acabará con toda esperanza de nueva economía de mercado sin crisis —aseveró la líder comunista.

—Y, si con la destrucción de la NASDAQ no se rinde el gobierno de los Estados Unidos, así como los demás países capitalistas del mundo, vamos por la propia NYSE como segunda fase —añadió Borodin—. Así que adelante con los planes ingeniero Boscovich.

—¡Sí, señor! —se le escuchó responder, casi militarmente, a Roger Boscovich.

5 CLIMAX

Después de escuchar al presidente Ruiz, sus demandas y su ultimátum, el presidente Giménez se dirigió a sus asesores y asistentes:

—Hace muchos años que este individuo nos ha amenazado y jamás le dimos importancia. Siempre nos vendía la materia prima que en gran parte necesita nuestro país para mantener en funcionamiento el sistema industrial, y, ahora, nos tiene agarrados por los testículos: ¿De qué hablamos aquí? ¿Cuál es nuestra situación?

El almirante Robert Wilson, jefe del Joint Chiefs of Staff (Junta de Jefes de Estado Mayor), le presentó el siguiente reporte al presidente, en nombre de los demás jefes y consejeros.

—Nuestras fuerzas de defensa para ataques de represalia, compuestas por —y pulsó una tecla de su *work station*, para que apareciera en la pantalla gigante, que veían todos los allí reunidos, figuras ilustrativas y cifras, que leyó:

• *450 Minuteman III ICBM con 500 cabezas nucleares: 400 sencillas y 50 con dos MIRV, de dos cabezas nucleares cada una. Más 200 cabezas tipo W78 (300 kilotones) y 300 tipo W87 (400 kilotones).*

• *Doce submarinos nucleares tipo Ohio. Cada uno con 24 misiles Trident II con 4 MIRV cabezas nucleares tipo W76 (100 kilotones) y W88 (500 kilotones).*

• *Más, 94 bombarderos B-52 y 20 B-2 de alcance*

estratégico, con 540 cabezas nucleares de los tipos anteriores.

- *Que al sumarlas a los 300 misiles cruceros con cabezas nucleares W76, más otros medidos en docenas de kilotones de tipo táctico; totalizan 1.152 cabezas nucleares a las que ha quedado reducido nuestro arsenal nuclear y sistema de entregas por el convenio internacional de desarme, conocido como SORT (Strategic Offensive Reduction Treaty), vigente.*

Para tomar aire y añadir con énfasis:

—Todas, absolutamente todas, fueron paralizadas, dejándonos sin capacidad de entrega. No funciona ningún cohete, misil o torpedo porque sus mecanismos de dirección y control son caóticos, quedaron inutilizados por la destrucción de nuestros sistemas de comunicación cibernética —terminó por decir, bajando la cabeza, el afamado almirante de solo 57 años de edad.

—Esto significa que fuimos desarmados, debemos rendirnos y hacer lo que este gorila nos imponga —preguntó sin poder creerlo el presidente; quien ya no se sentía ni lejanamente el hombre más poderoso sobre la Tierra. Sin el poder militar quedaba desnudo a la intemperie, como cualquier otro ser humano a quien por la fuerza le arrebataran sus defensas.

Pero todavía quedaba el poderío industrial, económico, científico y tecnológico del que dependía la mitad de los países de la Tierra y controlaba Estados Unidos.

De nuevo, el secretario de Defensa Milton Roosevelt tomó la palabra.

—Es obvio, señor Presidente, que no podemos usar nuestros aviones, misiles, barcos o submarinos de más reciente tecnología, ni siquiera aviones comerciales para arrojar una ojiva nuclear en algún puerto o en la misma capital de la RHL que usen el sistema de posicionamiento geográfico por satélites; tampoco aviones comerciales o militares antiguos, pues cuentan con una pequeña fuerza aérea de aviones interceptores rusos y cohetes tierra-aire capaces de derribarlos.

Podríamos armar un pequeño submarino con un

lanzatorpedos que se escabulliría entre su sistema de defensa antisubmarina (no es muy eficiente) y colocarle en cada uno de sus tres puertos principales una ojiva W76 de 100 kilotones que los borrará del mapa, dejando uno o dos millones de muertos; y abrir en mejores condiciones una negociación con ellos, antes que destruyan otros sistemas comunicacionales... El financiero, el del gobierno federal... La decisión es suya, Presidente.

El presidente Giménez se quedó callado. Se distrajo pensando, casi como un escape a la tremenda decisión que enfrentaba:

—Ahora quisiera verle la cara a los rusos que armaron a este bárbaro con la mayor irresponsabilidad, vendiéndole aviones interceptores Suhkoi, de reconocimiento Ilyushin, defensa misilística Tor-M1, submarinos Varsshavyanka y helicópteros de ataque, para quitarle unos cuantos millones de dólares con los que nosotros le pagamos la materia prima a la RHL y ahora están tan desarmados como nosotros... ¡Cuánto bien hubieran hecho esos dólares al pueblo de la RHL si se hubieran invertido en educación, producción, vivienda y salud en lugar de armas...!

Le interrumpió en sus pensamientos el almirante Gordon, su consejero militar personal.

—Presidente, un nuevo ataque está en proceso, la bolsa de valores NASDAQ ha quedado incomunicada; se están perdiendo billones de dólares por segundo en el mercado electrónico. Presidente, por favor, le pido que hablemos en privado, tengo algo importante que decirle.

—Con permiso señores, me retiraré a mi despacho unos minutos, debo consultar algo —dijo el presidente con el rostro compungido y, haciéndole señas a su asesor militar, se dirigió a una puerta que separaba la sala situacional y de control de una oficina, no tan amplia como la oval de la Casa Blanca, pero sí aislada de las demás instalaciones a varios metros bajo tierra.

ALBERTO CASTILLO VICCI

6 CONTRAOFENSIVA

—¿Qué tienes que decirme, Paul? —preguntó intrigado el presidente, mientras se tumbaba muy cansado en el primer sofá que estuvo a su alcance, una vez que quedaron solos, él y el almirante Purdon, en su despacho dentro del Monte Cheyenne.

—Presidente, el científico norteamericano-mexicano que descubrió los principios cibernéticos en que se fundamenta la tecnología con la que los terroristas de la RHL nos dominan, y el único en el mundo con capacidad de contrarrestarla, hizo contacto conmigo a través de mi hijo Paul, hace unos días.

El Presidente miró a su fiel amigo con tensa atención, esperando escuchar alguna opción para la salida de aquella tremenda crisis sin tener que pulverizar a millones de seres humanos.

—Adelante —lo animó a continuar el mandatario.

—Solamente nos pide un contacto directo con usted por medio de este PCP —y extrajo de uno de los bolsillos de su blanca guerrera un móvil no muy diferente a los demás para pasarlo al presidente Giménez Smith.

El presidente lo tomó mientras le preguntaba:

—Supongo que te aseguraste de que es inocuo y no una bomba activada a distancia o algo así que nos vuele en pedazos Algún otro truco de los terroristas.

—Por supuesto, señor Presidente. Yo mismo lo usé para comunicarme con el doctor Pulansky, cuando lo recibí, y le hice algunas preguntas a las que solo Pulansky podría contestar, preguntas muy personales que mi hijo Paul me preparó por recomendaciones de una persona muy allegada al doctor Pulansky y que solo él y esa persona conocen las respuestas para darme total confianza. Preguntas tales como: ¿dónde compró el anillo de compromiso que todavía guarda pendiente de que su novia, la doctora Debra Pidgeon lo acepte? Y como las respuestas correspondieron con lo que esperaba, lo aprobé. Partiendo de que el doctor Pulasnky no está con los terroristas, como podemos esperar por su limpia trayectoria verificada por la CIA previamente.

—¡Bah! Qué importa lo que diga la CIA o el que sea, bajo estas circunstancias, y mi cansado cuerpo vuele en pedazos. Quizás me hagan un favor; solo Dios lo sabe que en este momento no quisiera ser presidente de los Estados Unidos. Dios solo sabe que me empeñé en llegar a este cargo para alcanzar el desarme mundial y la paz, pero no de esta manera, pasándole el control de todo a unos fanáticos. Que aunque usen un lenguaje y promesas liberadoras de todas las penalidades humanas, solo lo emplean para engañar a los demás y quizás a sí mismos de sus verdaderas motivaciones hegemónicas. Así lo han hecho todos los sátrapas de la historia: en el siglo pasado Hitler en Alemania, Lenin en Rusia y luego Stalin en la Unión Soviética, Fidel en Cuba …Y, tantos otros déspotas. No quiero ni imaginar qué harán con tal poder omnímodo —y preguntó decidido—: ¿Cómo funciona?

—Simplemente, pulse el botón amarillo.

Así lo hizo el presidente y se colocó el aparato en su solapa. Se apareció el holograma de cuerpo entero desde la Entropía de Víktor.

—Presidente Giménez, le habla Víktor Pulansky Nesterovsky. Es para mí un honor y un alivio que usted haya aceptado escucharme.

—Lo escucho atentamente, doctor Pulansky: ¿Qué tiene que decir?

—En primer lugar, que todo esto le parecerá una fantasía de ciencia ficción. Muy, pero muy truculenta. Sin embargo, todo lo que le diré es la pura verdad. Pero, además, le demostraré que si me cree y decide lo que le sugiero, al terminar de hablar daré el primer paso para que usted tome confianza en lo que hago y comencemos a ver la luz que al final del túnel pudiera impedir una hecatombe internacional y salir airosos de la crisis para beneficio planetario. Quizás hasta nazca un nuevo orden de paz y confianza entre los hombres.

—¡Siga! —casi le ordenó impaciente el Comandante en Jefe al científico.

—Bien, Presidente. Debo confesar que soy el autor de toda la teoría en que se basa la tecnología de la computación cuántica que ha logrado romper sus códigos de comunicaciones militares y financieros y los paralelos de emergencia; más aún, estoy seguro de que pueden romper cualquier otro que inventen y usen de ahora en adelante en cualquiera de las organizaciones de los gobiernos y sociedades del mundo. Esto es un hecho. Nunca pensé que mi teoría fuese usada con fines criminales para dominar el mundo.

Más aún, la inversión que estimaba como necesaria para lograrla estaba solo al alcance de naciones tan poderosas como los Estados Unidos y otros gigantes financieros y tecnológicos del planeta: nunca de un grupo terrorista internacional con propósitos de control planetario. Una secta que formó parte de la Mafia Rusa, pero ahora es de todo el globo, y a la que me referiré como el Comité, según nos sugiere un amigo que trabajó para ellos —Víktor se detuvo para recuperar el aliento, hablaba despacio pero de seguidas con gran tensión—. Bien, por una casualidad casi insólita, llegó a mis manos uno de los tres computadores cuánticos que armaron con el nombre de *cybers* fundamentado en mis investigaciones científicas.

Esos tres computadores forman uno solo por un principio de física cuántica que los mantiene en comunicación instantánea de manera natural. Por eso lo que hace el Comité con los otros dos (que aumentaron a tres) lo sabemos unos amigos y yo que pretendemos bloquear sus usos para que no sigan haciendo más daño que el que hasta ahora han hecho. El punto más importante, Presidente, y aunque le costará creerlo, es que el presidente Ruiz de la RHL que hace poco le dio un ultimátum a usted y a las naciones más poderosas de la tierra, murió hace unos meses y el que habla es una imagen virtual creada con programas de inteligencia artificial bajo el control del Comité. Pero algo más, usando esa imagen y ondas electromagnéticas especiales controlan la mente de posiblemente 30 millones de ciudadanos o un poco más de la RHL. Que usan como generadores de virus informáticos para colapsar vuestros sistemas cibernéticos.

Ellos no son responsables de nada de lo que hacen. Por el contrario, son víctimas propiciatorias que esperan por una destrucción masiva organizada por los EE. UU. y otras naciones a fin de justificarle al Comité el acentuar el proceso de destrucción de la organización de todas las naciones dominantes del planeta y tomar el control del globo.

—Tiene razón, doctor Pulansky, es increíble lo que dice, si no estuviera pasando lo que pasa dudaría de sus palabras. Pero ¿por qué no entrega usted ese dispositivo a nuestro gobierno o a las Naciones Unidas? Y así tratar de desenmascarar al llamado Comité.

—Porque no hay tiempo, Presidente. Debemos actuar escondidos y ya. Pero hay una condición por nuestra ayuda —anunció Víktor.

—¿Cuál es ? —inquirió el presidente.

—Continuar con el plan de desarme. Es una oportunidad única para la humanidad, y de la manera que lo ha propuesto el Comité es viable. Usted es un insigne y conspicuo luchador a favor del desarmen mundial, de librar a la Tierra de armas de destrucción masiva como lo muestra toda su carrera política y su apoyo al Strategic Offensive Reduction Treaty, bueno, aproveche esta ocasión en que todos están obligados a hacerlo. Acepte las condiciones que impone el Comité y abra las puertas secretas de su arsenal a la intervención de los técnicos de la Federación Rusa para que terminen de desactivar las ojivas nucleares y sus técnicos hagan lo mismo con ellos, y apoye las iniciativas para que Francia, el Reino Unido, la India, Pakistán, Israel, Irán y todos los demás del Club Nuclear hagan lo propio; como también deben deshacerse de sus panoplias para la guerra química y biológica.

—Muy bien, le entiendo doctor Pulansky, usted está pidiendo lo mismo que los terroristas a cambio de detener a los terroristas. Voy a necesitar algo más que retórica para convencer a mis militares y a mis políticos. Y aunque rusos y chinos se manifiestan de acuerdo con satisfacer el ultimátum estoy seguro de que le exigirán otro tanto.

—Presidente, en pocos minutos tendrá usted una demostración de lo que podemos lograr para bloquear las señales del sistema de televisión de la RHL. Por favor, sintonice los canales de la red de televisión de la RHL. Volveremos a comunicarnos por este mismo medio.

El presidente acompañado del almirante Purdon regresó a la sala situacional y de control, en la que alrededor de la larga mesa de conferencia conversaban en voz baja los jefes militares y civiles convocados por el presidente para enfrentar el ataque terrorista de acuerdo a los procedimientos establecidos en tales caso.

—Señores, me han comunicado que sintonicemos los canales de televisión de la RHL —dijo el presidente y cada uno regresó a su asiento. En la gran pantalla aparecía el presidente Ruiz repitiendo sus discursos antiimperialistas, cuando de pronto, desapareció su imagen y en su lugar apareció el símbolo de la paz.

Un círculo con cuatro líneas, una en la parte superior y tres en la inferior que suelen interpretarse como las letras N y D por Nuclear Disarmament en el abecedario del semáforo (la N se representa con ambos brazos hacia abajo, uno al lado del otro, y la D con un brazo vertical hacia arriba y otro hacia abajo); y que fuera acogido por todo el movimiento mundial de los jóvenes por el desarme nuclear y la paz, en los años sesenta, durante los momentos más tensos de la Guerra Fría y el inminente peligro del holocausto nuclear.

En el fondo, la "Oda a la Alegría", del movimiento final de solistas y coro de la "Novena Sinfonía" de Ludwig von Beethoven se escuchaba triunfante.

El doctor Pulansky y sus amigos habían sacado del aire a los terroristas.

7 INTELIGENCIA V.S. CYBERS

—¿Qué sucede con los *cybers*, la imagen del Ciberpresidente desapareció y solo el símbolo de la paz se ve en la pantalla? —le preguntó por su móvil Borodin desde la Isla a su hijo putativo el ingeniero Boscovich en los Urales.

—Camarada, me temo que le tengo malas noticias —le contestó el ingeniero.

—¿Qué sucede?

—De una manera que todavía no hemos podido evaluar aquí en los Urales, el Dr. Pulansky con su Cyber.1 ha logrado dominar a los demás programas nuestros, y los tres *cybers*, redistribuidos como usted ordenó: el Cyber- 3 que tiene usted en la Isla; el Cyber.2 que opera Raúl de la Fuente en la capital de la RHL y está conectado a la red de televisión de la RHL y el Cyber.1B que tengo conmigo. Desde hace 24 horas los cuatro *cybers*, incluyendo el robado por las putas, solo procesan un programa hecho por el Dr. Pulansky en que aparece el tradicional símbolo de la paz con el mensaje del desarme mundial y la "Oda a la Alegría" de Beethoven como música de fondo.

—Perdona mi ignorancia, hijo, pero ¿por qué tres *cybers* en nuestro poder son dominados por uno programado por el Dr. Pulansky? —preguntó con humildad Borodin.

—No es fácil de explicar, porque el mundo cuántico no se parece en nada a nuestro mundo de la vida cotidiana; pero como otras veces lo hemos hablado, no hay cuatro *cybers* sino uno solo en cuatro partes unidas como una sola por el —enramado cuántico— aunque las separen centenares de kilómetros y en que todos sus estados se dan simultáneamente por la —superposición cuántica— de manera que todos los programas que contiene un computador cuántico se ejecutan simultáneamente mientras no se observan. Cuando se hace, entonces toma un solo estado y una secuencia de pasos correspondiente a uno de los programas, como un computador clásico. ¿Cuál programa y cuáles pasos? Depende de sus probabilidades.

La idea de Pulansky en su Teoría Integrada de la Nanotecnología o TIN es la de llevar un cursor que indica en qué etapa de la dinámica unitaria estaba el cómputo de una parte de la memoria, desde otra; para interferir cómo se van al leer los resultados, guardarlos y arrancar desde allí controlando el proceso hasta terminar. Pero al parecer, le ha agregado algo que desconocemos, como si lo hubiera escondido bajo la manga, ha eliminado el cursor y ha hecho que un programa tenga probabilidad "uno" sobre los demás que no llegan a la certidumbre, lo que hace a los cuatro *cybers* uno solo, pero determinativo, clásico pues le quitó la superposición y no es nada poderoso; bajo las nuevas circunstancias no podemos tomar otros sistemas y romper sus códigos. Claro que el daño que ya le hicimos a las fuerzas armadas del mundo capitalista y a la bolsa de la NASDAQ es irreversible.

Siento mucho decirlo, pero estoy trabajando con 112 ingenieros en los Urales y todavía no hemos encontrado ni siquiera cómo volver a los *cybers* al modo cuántico. En este momento, solo el Dr. Pulansky y probablemente la Dra. Pidgeon, que trabaja para él, son los únicos que saben cómo hacerlo. Hasta ahora la única respuesta para devolver los *cybers* a sus estados cuántico es volar en pedazos el Cyber.1 —terminó por decir Boscovich, sin imaginarse que esto último pudiera ser una opción real.

—Y eso haremos, aunque nos llevemos al doctor Pulansky y sus cómplices por delante y los mandemos al infierno —amenazó enojadísimo, casi fuera de sí Borodin; siendo la primera vez que su hijo le veía así, pero no era poco lo que estaba en juego; la Misión Ciberpresidente, desde que se inició, parecía haberse estancado con la intromisión del grupo Pulansky.

—¿Cómo haría eso, si no sabemos dónde están? —preguntó con cierta inquietud Roger.

—En unas horas sabré en qué parte del mundo se esconden y les enviaré un "regalo". Nuestra gente en Francia fue a Niza y averiguó que la familia Gabin forma la tripulación: el capitán Dorian, su esposa Thérèse y el hijo de ambos, Jean Claude. Resulta que Thérèse tiene un hermano en Niza con quien se comunica por un PCP público todas las semanas; ese hermano, por quien seguramente bautizaron al hijo como Jean Claude, no sabe dónde se encuentra su hermana, pues aquella se ha negado a decirlo por órdenes de sus patrones; pero por unos cuantos euros, el hermano, Jean Claude, nos permitirá seguir la señal cuando hablen y localizar el Entropía, o al menos a Thérèse. Para entonces, cuando sepamos dónde están, nuestro común amigo Xavier Urrutia les llevará un regalo; y en pocos días retornaremos a la Misión Ciberpresidente como ha sido planificada.

Solo oír el nombre del siniestro Xavier Urrutia o XU, un etarra terrorista con un historial de asesinatos en el mundo entero, buscado por la INTERPOL con código rojo y particularmente por la Police Secrète en Francia y su par la Policía Secreta de España, le hizo recorrer por el espinazo un escalofrío de miedo al ingeniero Boscovich. XU se especializaba en volar en pedacitos a sus víctimas con bombas muy poderosas que él mismo armaba.

—Camarada Borodin, hay algo que usted debe saber —dijo Boscovich dirigiéndose de nuevo a su padre putativo— las cargas de explosivos de los *cybers* están intactas para el caso de un robo; yo intenté hacer volar a distancia las que tiene el Cyber.1, pero el Dr. Pulansky, con más suerte que astucia, abortó el intento y luego bloqueó el dispositivo electrónico con que operan; el hombre es un diablo por su creatividad. Yo quisiera su permiso para bloquear los nuestros, no he podido hacerlo porque significaría al menos de dos a tres semanas de inactividad de los *cybers*, casi desmantelarlos y volverlos a ensamblar desde el punto de vista de su *software*.

—Pero no tenemos tiempo que perder en pleno proceso de control de los estados más poderosos del mundo. Confío que como máximo en dos días daremos con el paradero del Dr. Pulansky y su grupo, y de inmediato volarlos, pulverizarlos. ¿Cree usted que él haría lo mismo con nosotros? ... Si fuera así, ¿por qué no lo ha hecho?

—No, Pulansky... No. Él ha preferido jugar a lo sofisticado y vencernos por pura programación, por pura inteligencia, un juego de probar quién es más brillante: él o yo con los cybers; para Pulansky ese juego es la vida, todo, el Universo mismo es un juego por ganar descubriendo sus secretos... y me temo que si no en el caso del Universo, el juego que practica conmigo, hasta ahora lo empata. No, él no nos asesinaría; porque dejaría el juego inconcluso: él quiere darnos un jaque mate y que yo rinda mi rey.

—Sin embargo, yo sí lo haré con él y con su gente. No se trata de juego, sino de la revolución más grande en la historia del hombre; y eso vale más que la vida de unas cinco personas. Otras veces he tomado decisiones más graves que ésta y he dado órdenes de acabar por medios expeditos a nuestros enemigos y algunos casos hasta de amigos que ya han cumplido su misión, pero se vuelven peligrosos sueltos, como tuve que hacer con el Dr. Park y el Dr. Boulle. De hecho, ya la orden para XU está dada. Confiemos en nuestra felonía y el factor sorpresa a nuestro favor.

8 ESTADOS ALTERADOS

—Bien, queridos amigos, el control del mundo está en nuestras manos, nunca pensé que una teoría mía llegaría a darme tal poder —les dijo a sus amigos Víktor Pulansky en el bar del Entropía.

El Cyber.1, como otras veces, estaba abierto con la imagen del símbolo de la paz en su pantalla y la "Oda a la Alegría" repitiéndose por el audio sin cesar en distintas lenguas.

—Tenemos el control del mundo pero para el bien de la humanidad. El propio presidente Giménez me ha comunicado que el proceso de desarme está en progreso, aprobado por el propio Congreso de los Estados Unidos y ya técnicos de la Federación Rusa en los EE. UU., y los norteamericanos en Rusia y algunos exsatélites de la desaparecida Unión Soviética, tienen acceso a los arsenales nucleares de estos países y comienzan los planes de desarme; también en las demás naciones del Club Nuclear se está haciendo otro tanto. Debemos permanecer ocultos hasta que el proceso termine y el mundo quede libre de armas nucleares y otras armas de destrucción masiva.

—¿Hasta cuándo cree usted, Dr. Pulansky, que podremos escondernos? El Comité estará haciendo lo imposible en estos momentos por acabar con nosotros, le hemos destruido sus planes de años y de inversiones increíbles, cuando estaban a punto de lograr sus fines de control mundial —dijo Francis O'Neill con preocupación mientras miraba a Simonne con amor protector y temiendo por su vida que se había vuelto preciosa para él... lo más preciado.

—No lo sé, apenas tengamos la mínima sospecha de que podrían descubrirnos, cambiaremos de escondite. Ahora, hay algo que ustedes deben saber. Les voy a entregar esta copia de la secuencia de los códigos con que se reactivan los *cybers* a computadores cuánticos y se convierten en un arma poderosa; aparece en estas copias que les entrego en tinta negra. Es simple, todos ustedes operan computadores personales y lo que he programado en el Cyber.1 no los hace más difíciles de usar que un PC. Además de esa secuencia, hay otra secuencia aquí en letras y números rojos. Esta última han de accionarla en el teclado del Cyber.1 que se encuentra aquí a la derecha —y señaló unas teclas que en el orden de una calculadora de mano y en color rojo se encontraban en la esquina, en el primer cuadrante del tablero en el sentido del reloj —solo en el caso de que nos ataquen directamente y Debra o yo no podamos hacerlo. Esa secuencia vuela por los aires los *cybers* en manos del Comité y todo lo que en ese momento se encuentre unos metros a la redonda, aunque no al Cyber.1 que quedaría como único en el mundo, porque yo lo mantengo bloqueado. Estos aparatos fueron construidos para explotar con unos explosivos muy poderosos si una persona no autorizada los abriera.

Accionar los explosivos no requiere un programa cuántico; por el contrario, en realidad están operados por procesadores comunes, casi una secuencia cronométrica de dispositivos electrónicos que es la que les he dado en símbolos rojos también, y se opera en esta parte del tablero; quienes lo programaron no dejaron al azar cuántico una secuencia que debería ser fatal una vez accionada. Yo imagino que, para estos momentos, el Comité habrá tomado sus precauciones y seguramente las cambió o eliminó los explosivos ensamblados en el *hardware*. No lo sé. En todo caso sería el último recurso al que acudiría para librar a la humanidad de esas armas cibernéticas que son los *cybers.*

Francis O'Neill guardó el suyo con gran cuidado en su cartera. Lo mismo hizo Desirée. Simonne lo puso al lado en una de las mesitas. Pedro no estaba con ellos, había viajado a la RHL con el mismo disfraz de anciano para reunirse con la resistencia; su espíritu de periodista era compulsivo y los acontecimientos que se avizoraban en la RHL tenían una importancia histórica sin igual: no podía perdérselos para luego poder reportarlos como testigo de excepción. Así lo comprendió Desirée y se mantenía en contacto con él por un PCP permanentemente.

—Pasando a algo más positivo —volvió a tomar la palabra Víktor—. Dentro de unos minutos, Pedro, que ya se reunió con Adelmo en la capital de la RHL, nos reportará los últimos acontecimientos.

En efecto, habían pasado pocos minutos cuando un PCP, conectado al sistema de TV en el Entropía, timbró y se oyó la voz de Pedro Gallardo Infante, mientras mostraba la ciudad capital de la RHL por la pantalla de un televisor colocado en el bar del Entropía, con un recorrido muy parecido al que había hecho en su última visita y aquellas imágenes iban quedando bien grabadas en los sistemas de video ensamblados con tales propósitos en el yate.

Las imágenes que Pedro enviaba mostraba a la gente en las calles y otros lugares públicos saliendo de sus estados hipnóticos para pasar a uno de desorientación, mientras en todas partes se veía en las pantallas de los miles y miles de aparatos de TV el símbolo de la paz y se escuchaba la "Oda a la Alegría" sintonizada con ondas electromagnéticas, que de acuerdo con lo que explicaba Pulansky a su pequeña audiencia, sacaría a toda la población del estado hipnótico bajo control mental al que la había sometido el Comité por medio de los *cybers*.

—Escogimos la "Oda a la Alegría", el último movimiento de la "Novena Sinfonía" de Beethoven, como todo el mundo conoce, porque sus coros y solistas se adaptan muy bien a la secuencia de pasos a que sometemos las ondas cerebrales de la población de la RHL, por medio del mismo sistema de cadenas de TV y computadores cuánticos, ahora bajo nuestro control, con que se apoderaron de sus mentes, pero con una secuencia a la inversa. Así que de delta: que es el estado hipnótico controlado con el discurso del

Ciberpresidente y ondas electromagnéticas de frecuencia entre 0,2 y 3,5 Hz; pasamos a toda la población a theta: estado de vigilia con ondas entre 3,5 y 7,5 Hz; luego a alfa: 7,5 a 13 Hz, estado de relajación y tranquilidad; y, finalmente, a beta: entre 12 y 28 Hz, que es el estado de alerta máxima en que queremos que estén cuando la resistencia, encabezada por Adelmo Barrios, se dirija a la nación, anuncie su liberación y la designación de una Junta Patriótica que asumirá el gobierno con unas milicias formadas por la misma policía que antes sirvió al dictador virtual como "guardia pretoriana" y que había sustituido las Fuerzas Armadas de aquel sufrido país, hasta que unas elecciones democráticas devuelvan a la RHL al concierto de las naciones libres. No me extrañaría que en ese cambio se rebautice la república con su nombre original y tradicional de hace cuatro siglos —y añadió:

—Estamos tratando de evitar que la población caiga en un estado general de alta-RAM que supera los 28 Hz y es un estado alterado de estrés y confusión que pudiera generar desórdenes incontrolables de las masas —como suele suceder cuando caen los dictadores— y se formen motines que lleven a la destrucción de lo que encuentren por delante y al linchamiento de aquellos culpables o no de lo que les ha pasado, basta con que sean acusados de ser los responsables de todo lo sucedido.

Cuando terminó de hablar, O'Neill le pidió al doctor Pulansky —quien lo concedió— su permiso a fin de tomar algunas precauciones de seguridad, para lo que estaba muy bien preparado y que Víktor consideró justificadas.

Entonces, Francis acordó con la oficina de administración del embarcadero que si alguien preguntaba por el yate Entropía le negaran la información, pues era confidencial, lo que se aceptaba como costumbre. De hecho, el yate navegando bajo bandera francesa no había sido reportado a las autoridades portuarias de Martinica para evitar que el Comité diera con su paradero si aquel apelaba a los registros oficiales de los posibles puertos e islas que hay en el Caribe, donde hubiese podido atracar el yate de Pulansky;

pero además esta debería comunicarse con O'Neill por uno de los teléfonos públicos que a pocos metros se encontraban en el muelle donde atracaba el Entropía y reportar al curioso.

En pocas horas el empleado de la administración le comunicó que un hombre robusto, de pelo negro, piel blanca y ojos azules, de tercera edad, había curioseado acerca del muelle donde estaba el Entropía. Por supuesto, que la información le fue negada, pero en una tienda cercana donde se vendía combustible tenían facturas a nombre del capitán Gabin por compras recientes para un yate con ese nombre en el muelle 111 de la marina Port de Plaisance adonde había sido llevado después de varias semanas de fondeado en el medio de la bahía donde lo anclaron en los primeros días, pues consideraron que no había diferencia alguna para guardarlo oculto entre tantos otros yates; pero atracado al muelle había más comodidades para desplazarse a pie por las largas rampas hasta las instalaciones cercanas de barberías y salones de belleza, tiendas, farmacias, abastos... Y, conduciendo un automóvil alquilado, estacionado al final del muelle, a otros lugares de la isla. Se sentían seguros de que su paradero no había sido descubierto.

Francis reconoció por la descripción, aunque vaga, al etarra identificado, entre otros nombres, por la policía internacional, como XU. Francis había oído hablar de él. Se trataba de un sobreviviente de la llamada Euskadi Ta Askatasuna, conocida por sus siglas ETA, y que los periódicos de España popularizaron como etarras a sus miembros; y es una organización terrorista vasca que se proclama independentista, socialista y revolucionaria. Pero, el 17 de octubre del 2011, tres días después de que se celebrara la "Conferencia Internacional para promover la resolución del conflicto en el País Vasco ", en San Sebastián, la organización abandonó su actividad armada. Pero, algunos terroristas, como Xavier Urrutia, tenían cargos y juicios pendientes por asesinatos masivos en España y, particularmente, Francia. XU, como se le conocía, no podía entregarse. Como mínimo, le echarían cadena perpetua. Así que ofrecía sus servicios de asesino a organizaciones como el COMITË, al que ya le había hecho varios trabajos a pesar de tener 67 años de edad. Bajo sus manos fueron asesinados los dos únicos amigos de Boscovich: los doctores Park y Boulle. Entonces, Francis se preparó para recibirlo, sin decir nada a los demás. Colocó en el muelle y en las amarras que fijaban al yate al atracadero, algunos pequeños micrófonos sensibles que compró con tales fines en una tienda electrónica cerca del puerto. Los micrófonos amplificaban cualquier ruido, por débil que fuera, alrededor del yate. Francis podía distinguir entre docenas de ruidos distintos e identificar su origen, tal habilidad la desarrolló en su oficio de espía industrial.

Luego, sacó un rifle para francotiradores de élite con una tradición de medio siglo en el ejército de la Unión Soviética, el Dragunov, pero en una versión de la década del 80, con mira telescópica, silenciador, zoom y visor nocturno; que siempre llevaba consigo cuando viajaba, pues para las autoridades aduaneras era un rifle de cacería con todos los permisos requeridos en las aduanas en orden para llevarlo de un país a otro, como socio de un club de caza internacional; claro que lo declaraba en el aeropuerto y lo entregaba con el estuche abierto para que lo guardaran en equipaje especial y se lo devolvieran en su lugar de destino, particularmente en Europa; el cual le dio tiempo de incluirlo en su equipaje cuando viajó de París a Ginebra detrás de las muchachas que le habían robado el Cyber.1 bajo su responsabilidad. De igual manera hizo con las pistolas, mostrando otro carnet de un club de tiro... para el personal de las aduanas, el coronel español, con cuyo rango y gentilicio usualmente se identificaba, era un gran aficionado a las armas... no se atrevió a usar su pasaporte diplomático, sino uno de tantos confeccionado por unos especialistas amigos que ni sus patrones cono cían; uno en castellano, pues hablaba la lengua cervantina con la fluidez de un madrileño castizo. El Dragunov es un arma un poco pesada, pero su precisión sigue siendo única, a pesar de los avances tecnológicos en armería, hasta 600 metros, de allí en adelante su efectividad es un tanto aleatoria; pero Francis la prefería a muchas otras. Irónicamente, era un regalo de Borodin, cuando O'Neill fungía como empleado de confianza y el dueño de la empresa que lo empleaba supo de sus hazañas como francotirador, además de ingeniero electrónico, en la Guerra del Golfo; y quiso hacerle un regalo para premiar sus servicios de espía industrial, ya que, lo mismo que O'Neill, Borodin había iniciado su carrera militar como soldado élite.

La puntería de *sniper* de O'Neill se había hecho legendaria en aquellos días de la década del noventa. También se colocó sobre el pecho sus correas cruzadas con las fundas de cuero cargadas con las dos pistolas especiales que le habían asignado para la protección del Cyber.1 y, eventualmente, del presidente. Se vistió con un mono negro, untó con betún su cara, y se colocó una boina negra que le tapó la cabellera rubia y subió al mirador del Entropía cuando los demás dormían. Y esperó...

9 ATENTADO

Aunque adormecido, Francis identificó claramente un sonido seco que le llegó al audífono, puesto en su oído derecho y conectado a una decena de micrófonos alrededor del yate; se levantó en la oscuridad de la madrugada en la parte más alta del yate, y con el visor telescópico nocturno montado sobre el rifle escudriñó por el muelle hasta localizar la figura de un hombre robusto corriendo para alejarse del Entropía. Movió el Dragunov hacia la cara del hombre para identificar a XU, y luego hacia la mano derecha vacía, después apuntó a la mano izquierda del etarra que sostenía algún dispositivo del tamaño de un radio receptor-emisor de bolsillo.

A unos 150 metros de donde se encontraba Francis, se había detenido con el brazo izquierdo en alto, para intentar apretar algo con el pulgar izquierdo; justo en ese momento el francotirador disparó y el silenciador amortiguó el ruido del disparo que evitó alarmar a los demás turistas y marinos vecinos. El balazo del proyectil calibre 40 mm fue certero, atravesó la muñeca del hombre haciendo volar por los aires al pequeño artefacto que sostenía y que fue a caer al mar.

El fornido etarra ahogó un grito de dolor y echó a correr por el muelle buscando tierra firme, mientras se apretaba con la mano derecha la muñeca izquierda... ¿por qué no se tiró al agua donde no podría volver alcanzarle? Se preguntó Francis, y recordó una de las leyendas de XU, que no aceptaba encargos donde pudiera morir ahogado, sufría de una fobia terrorífica de perecer por inmersión.

No había emprendido XU la carrera de nuevo alejándose de espaldas al Entropía, cuando dos silenciosos y precisos disparos, con segundos de diferencia entre ellos, entraron por las corvas del hombre para volarle en astillas las rótulas al salir los proyectiles y caer casi partido por las piernas al suelo. Francis soltó el rifle, saltó desde la plataforma del mirador y varias veces entre los *decks,* llegó al muelle, desenfundó una de las pistolas y corrió hacia el cuerpo tirado en el suelo y con el arma le apuntó a la frente.

—Escucha XU, no voy a ser compasivo contigo y dispararte a la cabeza…¡No! Voy a ahogarte varias veces y tendrás la agonía más pavorosa que jamás te hayas imaginado si no me dices ya dónde está la bomba —dijo con fiereza Francis.

XU entendió que estaba perdido y que el *sniper* le conocía bien. Ya nada más podía hacer, aceptaba encargos como este para amasar fondos para su causa ya perdida y soñaba con reactivar con otros nacionalistas, y sabía cuando una misión había fracasado. Además, él mismo armaba sus bombas de manera primitiva, el disparador hundido en el mar no tenía protección alguna contra el agua y ya no funcionaba. Mejor hablaba y evitaba una tortura tan horrible.

—En el pote de la basura, es todo lo que diré.

—No importa, lo demás lo sé.

Desarmó a XU despojándolo de un revólver Magnun de alto calibre que guardó en la parte trasera de su correa y arrastró al hombre que dejaba una huella de sangre por la cuadra y media que los separaba del yate. En frente de aquel, en efecto había un pote grande de basura. O'Neill supuso que la carga era grande para poder barrer desde allí con la explosión al Entropía como suponía era el propósito.

Dejó a XU tirado y desangrándose en el suelo y metió la mano hasta conseguir entre la basura una caja bastante grande y pesada que sacó; lo rudimentaria de su construcción le hizo abrirla sin temor pues imaginaba la técnica simple pero estable con que estaba armada la bomba; dentro encontró un dispositivo muy sencillo en verdad, compuesto por un detonador, un receptor de radio y dos docenas de cartuchos de amatol, un explosivo estable y poderoso como el TNT, pero que absorbe el agua. Seguramente XU no había podido proveerse de otro y por esa razón no lo ató directamente a la embarcación. Así que Francis, sin más, tiró la caja al mar. Antes de llegar al fondo el polvo explosivo se había empapado e inutilizado.

Entonces, tomó otra vez al hombre por los brazos, sin mucho cuidado pues ya había perdido el conocimiento, lo subió al yate y con gran esfuerzo lo llevó al bar. El ruido despertó a los demás. Una vez dentro del bar, acostó a XU sobre la mesa del comedor y, con el cuchillo que llevaba oculto —atado a la pierna— le desgarró los pantalones con la misma habilidad con que lo usó para cercenarle los pulgares al presidente, y apretando las heridas con torniquetes impro- visados con servilletas de tela, intentó detener la sangre que le corría al terrorista a borbotones por ambas piernas y de la muñeca izquierda. Ya, en ese momento, el Dr. Pulansky, las tres mujeres y la tripulación se habían acercado al bar y llegaron hasta la mesa en el centro en donde sin sentido roncaba entre quejas XU.

—¿Quién es y qué hace aquí? —preguntó Víktor.

—Xavier Urrutia, un terrorista etarra perseguido internacionalmente porque tiene una docena de asesinatos y actos terroristas en su expediente, encargado de asesinarnos. Pero lo detuve a tiempo; la bomba que nos trajo está en el fondo del muelle.

—¿Qué piensas hacer con él? —esta vez fue Desirée quien preguntó.

—Yo solo mato en defensa propia, y aunque no voy a asesinar a este animal como lo merece porque intentó liquidarnos con felonía, él no es el verdadero culpable, cumple órdenes de Borodin quien no tiene escrúpulos como ya todos sabemos, y este asesino cree en lo que hace y seguramente es un sicario contratado para matarnos y así reunir fondos para su causa acabada. Actuaré en defensa propia, pero no contra él, sino contra Borodin.

A este asesino lo voy a curar y entregarlo sin identificarnos a la policía local, con una nota sacada de la página de la INTERPOL y pegada en el pecho sobre la recompensa que ofrecen por su captura en Francia y España; esto alegrará mucho al jefe local de la policía y demás autoridades de Martinica. Pero primero lo dejaremos en alguna unidad médica para que lo curen y se encarguen de llamar a la policía.

A todos les pareció correcto lo que Francis intentaba hacer, y Dorian y su hijo lo ayudaron a cargar el cuerpo inconsciente de XU hasta el carro y desde allí lo condujeron —sin hacer mucho ruido— hasta el puesto de salud más cercano que encontraron, donde lo dejaron a la entrada. No sin antes estacionar el automóvil lejos de allí, para que no fuera identificado. Antes de irse, Francis lanzó una piedra que rompió el vidrio de una ventana para así llamar la atención de los enfermeros, y regresar rápidamente al auto en la oscuridad de la madrugada sin ser vistos.

En la camia de XU tenía prendida su identificación impresa y orden de captura de la Interpol.

10 VINDICTA PÚBLICA

—Doctor Pulansky, debe entender que este no será el único intento que hará Borodin por asesinarnos mientras existan los *cybers*. Esta vez tuvimos suerte, quizás no tanta, la próxima. Creo que debemos volar a Borodin y a su Comité junto a los *cybers* fuera de este mundo con la secuencia del programa que usted tiene. Si la han cambiado o se deshicieron de los explosivos, al menos debemos probar... no se sabe —argumentaba vigorosamente Francis, mientras Víktor permanecía callado, escuchando y considerando; acompañado del silencio de todos los demás, cuando amanecía en Martinica.

Francis siguió con la palabra.

—Usted es un gran científico, pero yo soy ingeniero y conozco a Borodin. Si como usted dice, le llevaría por lo menos una semana detener los *cybers* que tiene para poder sacarles los explosivos, y a usted le consta que ni por un momento los *cybers* se han detenido desde que empezó el proceso para controlar la mente de los pobladores de la RHL y paralizar las fuerzas armadas de todos esos países, entonces, las cargas explosivas todavía están allí. Borodin ha confiado en nuestra ética que nos impide matar si no es en defensa propia o que antes nos lo haría a nosotros, para correr el riesgo de no detenerse.

Ya sabe que XU fracasó y no nos voló en añicos como pensaba, porque el Cyber.1 mantiene la imagen del símbolo de la paz y la "Novena Sinfonía" en el aire; pero también sabe dónde estamos y ya deben estar en camino otro u otros s. Volémoslos a ellos primero, antes de que ellos nos vuelen a nosotros: actuaremos en defensa propia.

—Tiene razón, Francis —apoyó Desirée—. Estoy segura de que Pedro coincidiría con él.

—Escucha, Víktor, yo quiero tener vida, creo que todavía podemos disfrutarlas juntos y es hora de casarnos, quizás adoptar hijos y formar una familia. Mientras esa mafia nos persiga no habrá ningún chance para nosotros —dijo Debra con cara de mucha preocupación. Las palabras de Debra eran una tácita aceptación de matrimonio a su ya legendario compromiso; y esto pareció pesar mucho en la decisión que debía tomar el doctor Pulansky.

Los demás, los Gabin que esta vez los acompañaban y Simonne, asintieron, aligerando la decisión de Víktor, todavía más.

—Bien, lo dejo en sus manos coronel O'Neill, usted es un hombre de armas y supongo que sabe lo que hace, pero seamos civilizados, no como ellos, adviértales apropiadamente. Como muchos de sus colegas, aunque responsables al poner su ciencia al servicio de la muerte, a la hora de tomar las decisiones graves, se lavaban las manos y las dejaban a los militares.

—Lo haré dos veces como se estipula en los tratados internacionales de fronteras, antes de disparar contra transgresores —lo tranquilizó Francis mintiendo; después de todo era un militar y la mentira es la primera arma en una guerra; y en eso estaban: en una guerra.

En ese momento sonó el PCPy reclamó la presencia del Dr. Pulasnky. La cara de Pedro desde la RHL aparecía en la pantalla con ruidos, estallidos y agitación a sus espaldas en una de las calles de la capital de la RHL.

—Víktor, las masas se han desbordado, atacan a todas las oficinas gubernamentales, han desarmado a la policía, le disparan y linchan a los funcionarios gubernamentales con una crueldad que había olvidado. Estos huyen o se esconden, pero algunos no han tenido tal suerte y han sido linchados, golpeados con piedras, palos y con cualquier objeto a mano hasta hacerlos morir. ¿Puedes controlarlos de nuevo y calmarlos con los *cybers?*

—Realmente, no; pasaron al estado de alfa RAM. Después de que sacien sus instintos gregarios de venganza, volverán a la calma, quizás se equilibren en un estado alpha de relajamiento que les viene a las multitudes después que se sacian con sangre de revancha, de vindicta pública; en estos momentos son incontenibles. Una alocución llamando al orden, a la paz y a la reconstrucción por la Junta Patriótica encabezada por Adelmo Barrios, ayudará.

—Otra cosa, Pedro, que debes saber —dijo Víktor con voz grave—. Anoche tuvimos un intento de asesinato. Un terrorista de nombre Xavier Urrutia colocó una bomba a corta distancia del Entropía para acabar con todos nosotros en unos segundos. Gracias a las previsiones del coronel O'Neill el acto fue fallido, el terrorista detenido y ahora debe estar en manos de la *Gendarmiere local.* Todos aquí piensan que la amenaza será de por vida; que pudieran alcanzarnos en cualquier momento y que debemos tomar represalias y acciones de cirugía mayor preventiva explotando los *cybers,* dondequiera que estén y con quienes estén.

—Si me preguntas qué haría yo, simplemente ponme frente al botón que lo apretaré sin que me tiemble la mano ni me quede remordimiento alguno —dijo Pedro con furia en el rostro—. ¿Cómo está Desirée?

—Bien y decidida a que lo hagamos.

—Procede.

Mientras los demás prestaban atención a la conversación entre Pedro y Víktor, ya Francis había activado los *cybers* cuánticos e introducido la secuencia roja fatal sin advertencia alguna. Mientras exclamaba mentalmente: "¡Vayan al infierno, malditos!".

11 CUENTA REGRESIVA FINAL

El único que se enteró con plena conciencia que apenas le quedaban unos segundos de vida fue Roger Boscovich. Él sabía que aquellos números rojos en la ventana de la pantalla del Cyber.1B marcaban la cuenta regresiva que lo llevaría con la muerte junto a su "majka"... en 60 segundos. Ni siquiera podía advertirles de su fin a los ingenieros que trabajaban con él en aquel refugio en los Urales a 35 metros bajo tierra y que las entrañas de la montaña sería su tumba colectiva.

No había tiempo para subir a la superficie ni alejarse del estallido fatal. Apenas un minuto. Suficiente, para repasar toda su vida. ¿Cuál vida? No había sido una vida la suya y solo contaba como tal aquellos primeros años de su niñez con sus padres en Dubrovnik. Después, la guerra, la muerte de quienes amaba. Su adopción por Borodin y el plan de venganza que le trazara como único fin de su existencia.

Toda su energía vital se la dedicó a aquél. No conoció mujer ni amigos ni diversiones. Fue un esclavo de la venganza del único ser a quien llegó a querer: a Borodin; a quien amaba como padre sustituto, pero se le había estado revelando como un monstruo enfermo y megalómano que no tuvo ningún escrúpulo en encargar el asesinato de los únicos amigos que conoció en la vida, mediante el trabajo en equipo para lograr un fin con éxito: Boulle y Park. Bienvenida la muerte, no estaba seguro para qué vivió y si valió la pena. Una luz brillante le cegó y con ella llegó el fin. El fuego se extendió por todo el recinto y todos los que le acompañaban allí perecieron quemados, convertidos en cenizas en pocos segundos.

****

Borodin había ordenado mantener el Cyber.3 abierto al alcance de su mirada en el refugio de la Isla, ansioso por saber cuándo Roger lograría tomar de nuevo el control de los *cybers* y ya estaba odiando, de tanto escuchar la "Oda a la Alegría" de la "Novena", también tomada como himno europeo. Los otros miembros del Comité descansaban en sus habitaciones, excepto Satyendrenath que había regresado a su cargo en Nueva York como Secretario de las Naciones Unidas. El responsable del Cyber.2, Raúl de la Fuente, le comunicaba que las masas de la RHL habían salido de su letargo hipnótico y se agolpaban y gritaban en las puertas del palacio presidencial en la capital de la RHL amenazando con saquear las oficinas presidenciales y linchar a sus moradores. Su vida corría peligro y le solicitaba permiso para salvar el Cyber.2. Cuando su voz vaciló, tembló y le dijo:

—Coronel, no va a ser necesario, acaban de activar la carga explosiva de los *cybers* y en pocos segundos... No terminó la frase pues en ese mismo instante volaba en pedazos con todo lo que contenía la sala situacional dentro del palacio presidencial, desde donde controlaba a la población de la RHL.

Borodin miró en la distancia de unos metros los números rojos que se sucedían en la pantalla del Cyber.3 y comprendió.

La explosión en la isla que acabó con todo el Comité en segundos fue muy grande, pues prendió cientos de litros de oxígeno almacenados en tanques como suministros en caso de un ataque nuclear y la llamarada subió por el túnel del ascensor hasta salir, quemando casi totalmente el bungaló y alcanzando con el fuego al helicóptero de Borodin,posado muy cerca sobre las piedras del lago artificial.

Cuando la multitud que amenazaba entrar al palacio presidencial fue sorprendida con la explosión adentro del vetusto edificio que destruía algunas de sus oficinas , aplau- dió en coro de alegría, sin explicarse qué pasaba, pero supo- niendo que con el estallido terminaba el régimen de oprobio que por tantos años los esclavizara. Después se enteraría de todo lo que ocurrió por la cadena nacional con que la Junta Patriótica anunciaba la toma del poder al país, por boca de Adelmo Barrios, su presidente y primer vocero.

En esos mismos días, en su propia oficina en el edificio de las Naciones Unidas, se suicidaba de un disparo en la boca, el único miembro que quedaba vivo del Comité, el intelectual hindú Srinivasa Satyendrenath, quien dejó una larga carta contando todo acerca del Comité y su arrepenti- miento por haber conspirado contra la humanidad y traicio- nado a las Naciones Unidas como secretario.

EPÍLOGO

Pedro regresó adonde sus amigos con buenas noticias: la RHL volvía a ser un país libre, democrático y retornaba al concierto de las naciones con su nombre castizo, pronto celebrarían elecciones y Adelmo Barrios era un fuerte candidato a la presidencia favorecido en las encuestas.

Las otras buenas noticias que tenía para sus amigos del Entropía era que el mundo continuaba hacia el desarme total y había una oportunidad para que la cordura y la tolerancia dominasen de ahora en adelante las relaciones entre las naciones de la Tierra.

Víktor tomó la palabra para anunciarle a la pequeña audiencia que él se aseguraría de que fuera así, y les dijo:

—El único *cyber* que queda, el que tenemos aquí, servirá como prototipo para construir centenares de otros que serán repartidos en todas las naciones, de manera que ningún gobierno pueda reconstruir sus fuerzas armadas porque no podrá controlarlas, ya que siempre habrá otro gobierno que con su propio *cyber* les destruya las comunicaciones dejándolas inútiles. Es decir, se repetirá lo que el Comité hizo con las grandes potencias, pues quizás este sea el medio definitivo para acabar con la construcción de armas y su proliferación, y ese inmenso capital ahorrado se dedique a resolver los mayores problemas que aquejan a la humanidad; o, posiblemente, sean las propias Naciones Unidas las que asuman tal control usando los *cybers* como policías electrónicos que aseguren y mantengan el desarme de todo el planeta.

Yo cedo mis derechos sobre la TIN, de la que soy único autor, al género humano por intermedio de las Naciones Unidas, para que se contrate a las empresas más capaces en el mundo de la electrónica en cada país, entre ellas la que les vendí a mis empleados, y construyan los *cybers* necesarios con esos fines. Estoy seguro de que los ahorros en armas serán suficientes para cubrir estos gastos. Y, finalmente, quiero anunciarles también que Debra aceptó ser mi esposa y los invito a nuestra boda que oficiará el capitán Gabin y les pido que nos acompañen como invitados nuestros a un largo viaje alrededor del mundo, que ahora con posibilidades de paz total y permanente es mucho más hermoso.

Con el aplauso y las alegres felicitaciones de todos, le aumentaron el volumen al audio del Cyber.1, que en ese momento dejaba oír la Coral con la última estrofa en su versión castellana de la oda de Friedrich von Schiller.

Alegría, Luz Divina,
del Elíseo dulce lar,
inflamados alleguemos
Diosa, a tu celeste
altar. Une otra vez tu
hechizo
a quienes separó el
rigor. Fraterniza el orbe
entero de tus alas al
calor.

ACERCA DEL AUTOR

Alberto Castillo Vicci —B.S. Universidad de Wisconsin (EE.UU.) y M.S. Universidad Simón Bolívar (Venezuela), ambos en ciencias de la computación— es profesor emérito medalla institucional de la Universidad Centroccidental "Lisandro Alvarado" de Venezuela (UCLA); Galardón "Destacada Trayectoria Nacional 2017" de la Sociedad Venezolana de Computación (SVC) y, actualmente, es asesor académico en docencia e investigación en algunas universidades venezolanas. Proyectista de la Oficina Central de Estadística e Informática de la Presidencia de la República de Venezuela y de la Empresa Regional de Computación (compartida por tres universidades regionales) y su primer Gerente. En su carrera académica ha coordinado y planificado la creación de carreras de pregrado y programas de postgrado e investigación en computación, sistemas, informática, producción, inteligencia artificial, electrónica de computación y telemática; del proyecto de creación y primer vicerrector de la Universidad Privada Yacambú (Venezuela); del Decanato de Ciencias y Tecnología de la UCLA y de su Unidad de Investigación en Inteligencia Artificial. Es co-beneficiario del Premio al mejor trabajo científico universitario del 2004 en ingeniería y tecnología. Ha publicado una veintena de libros académicos y monografías de ensayos y divulgación en inteligencia artificial y fundamentos de la ciencia con la UCLA y el Instituto de Estudios Avanzados (IDEA). Entre ellos: "Machina ratiocinatrix: en busca del razonamiento automático" (745 pp: 1993), "Crítica la teoría computacional de la mente" (205 pp: 1998) , "Técnica y meta-técnica de la computación" (coautor) (253 pp: 2000), "Ciencia y misticismo...hoy" (240 pp: 2012), "Filosofía y matemáticas de la meta-técnica" (286 pp: 2012;), "El logos de la filosofía informacional" (223 pp; 2017) y el presente documento inédito "Fe y razón en el conocimiento humano. Desde la perspectiva del logos de la filosofía informacional". Que se obtienen por AMAZON, KINDLE, EAE y PUBLICIA. Además de dos docenas de artículos científicos y culturales en revistas indexadas (OJS) y 41 en la Revista PRINCIPIA de cultura de la UCLA (Venezuela). Como escritor ganó el Primer Premio en narrativa "La Tuna de Oro" de la Casa Nacional de las Letras Andrés Bello (Venezuela) en el año 2008, con su libro de cuentos "Cuentos esotéricos" y obtuvo el Premio "Retratos" de La Revista El Viejo Topo en España en el año 2009 con la biografía "Retrato Intelectual de Bertrand Russell". Con su libro de cuentos "Memorias de Mabil" se alzó con el premio en narrativa de la Bienal Miguel Ramón Utrera 2011 en Venezuela. Sus novelas "Demiurgo S.A. (Fábrica de utopías)", "Ciberpresidente", "Proyecto Tánato", "La plenitud de los tiempos" y "En tiempos de Apocalipsis" se ofrecen por Kindle y Amazon.